古人很潮 comic

漫画系列

《趣味人类简史》

定　　价	35.00 元
关 键 词	化妆品 / 美食 / 秋裤 / 厕所 / 病毒发展史
档案介绍	无压力读懂人类发展史，就看这一本！

2

《趣味历史冷知识》

定　　价	35.00 元
关 键 词	古人如何离婚 / 美容 / 三妻四妾
档案介绍	一本书扫盲历史冷知识。

古人情报局系列

《古代冷知识》

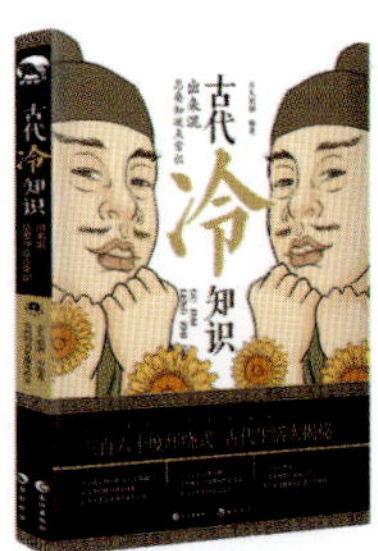

定　　价　35.00 元
关 键 词　冷门历史冷知识
评级理由　不懂就多看点书，不要玩游戏了

档案介绍

古代人民真会玩系列，让百度和谷歌都无解的冷知识。一本书让你彻底了解隐藏在历史背后的冷门八卦常识。

《舌尖上的古代中国》

定　　价　35.00 元
关 键 词　美食
评级理由　你从未见过的美食诱惑

档案介绍

寻访古代美食，从宫廷盛宴到市井美味，一本吃了不胖的古代美食攻略。

《武林是什么》：你必备的江湖生存手册

定　　价　35.00 元
关 键 词　江湖 / 武林
评级理由　这才是热血江湖应有的样子！

档案介绍

要在江湖混，最好有学问。携带此书保平安！强势围观真实的武侠世界。

《古代非常职业档案》

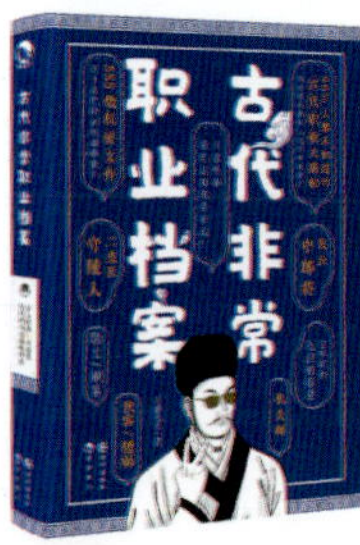

定　　价　35.00 元
关 键 词　古代奇人奇事
评级理由　嘘——它们来了

档案介绍

90% 人都不知道的古代职业大揭秘，别在晚上看，小心惊吓。

古人奇葩说系列

《古人教你学吐槽》

定　　价　32.00 元
关 键 词　吐槽
评级理由　吐槽杀伤力强大

档案介绍

《笑林广记》脑洞版，古人教你怎么怼人不带脏话，怼人专业辩手养成指南。

《古人教你混职场》

定　　价　35.00 元
关 键 词　职场
评级理由　历史 + 职场 = 升职加薪

档案介绍

千年历史经验，总结古人如何解决职场中遇到的各类问题，好好听着！

漫娱图书
SINCE BOOKS

古　人　很　潮　漫　画　书　系

古人很潮

有态度、有料的历史趣味漫画

朕的日常

ZHEN DE RI CHANG

古人很潮 编著

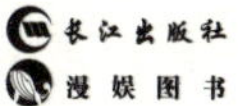

长江出版社
漫娱图书

条漫小剧场

Contents

目录

加油

条漫小剧场
大吟 / 绘

圆桌会谈——辩论赛

皇帝该有私房钱　　　　皇帝不该有私房钱

清·买买买·乾隆

当然要有，没有私房钱怎么出去玩，动用国库这种事朕是做不来的，内务府，给我打钱谢谢。

清·勤政严谨·雍正

怎么哪里都有你这个败家的……

清·省吃俭用·道光

我这么穷就是因为你出游把钱花光了。私房钱不该有！钱是能省就省，上交给国家总有机会可以用。没看到朕的衣服都是缝缝补补的吗？

清·买买买·乾隆

我不是，我没有。乖孙，你忘了你小时候爷爷带你玩的情谊吗？

清·仁义豁达·康熙： 不该有，都给你们发工资了，还想存私房钱？你们这群后生仔，太不像话了，寒叶飘零洒满我的脸，尔辈开小灶伤透我的心！

宋·道术天才·赵恒

呵呵，乾隆受到了爷爷和孙子的双重打击，点个赞。强烈要求有，没有私房钱，万一国库钱没了，哪来的救急钱？

宋·我是仁君·宋仁宗： 爹说得不对，抵制私房钱，朕连工资都上交了。

就算是皇帝，也要勤俭节约，为国家的点滴小事做贡献。

明·快乐宅男·朱翊钧

该我了。必须要有，要不然万一出点事，还得伸手掏国库，还要被大臣们教训，多心累。

大臣

不给！

金·套马的汉子·完颜晟

呵呵，教训算什么，你能有我惨？你们想试试偷拿国库开小灶，结果被大臣们打板子的痛楚吗？被板子支配的恐惧告诉我，私房钱一定要有。

众皇帝

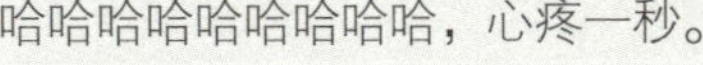

哈哈哈哈哈哈哈哈哈，心疼一秒。

古小潮

综上言论，皇帝私房钱还是应该有的，以防万一，难道你们要动用国库吗？你们是想做个昏君吗？！

古小潮

咳咳……不是，私房钱要物尽其用，不能随意挥霍，国库也是，我们所攒下的每一分钱都是为国家服务！

一夫一妻　　　　　　　　后宫三千

清·弱小可怜·光绪: 抢答一次，一生只有三个妃子，不想说话。可怜幼小无助。

明·爱妻狂魔·朱佑樘

楼上的是乱入的吧，看来你是后宫党，鄙视你。一夫一妻，从我做起，一个好皇帝就要从一个专一的好老公做起。

唐·乐坛达人·李隆基

咳咳，讲道理。论谁不想拥有一个后宫团呢？

晋·爱美人·司马炎

哼，区区一个美人都搞不定，可耻。至于我，万人后宫，了解一下？后宫三千都驾驭不了，怎么打天下？

东汉·自信 MAX·刘彻

后宫团带我。坚决三千人。有了强大的后援团，才能更好地工作。

东汉·沉迷种田·刘秀

实名吐槽楼上的后宫团们，你们一定是没有遇到过真爱，真可怜。当你有一个像我媳妇儿一样的媳妇儿，你不会需要三千人的。

西汉·很想有作为·刘欣

妃子是什么，我什么都不需要。

隋·怕老婆·杨坚

抵制三千人，特别还在于你的媳妇儿是个醋缸的前提下。

古小潮

看来对于后宫人数，争论还是比较大的。在这里先鄙视一下那些万人后宫的人，实在是可耻。

拖出去！！

谁敢鄙视我？把他给我拖出去斩了。

古小潮

最终得出的结论是：如果你找到了真爱，那么也就不需要后宫团了，对身体也是大大的好。恭喜“一夫一妻”获得胜利。

应该放假　　　　不该放假

清·冷酷霸总·雍正： 放什么假？每天的折子够多了哪来的时间给你玩，一看你们就不想当个好皇帝。

清·买买买·乾隆

爹，虽然我真的是你儿子，但是我选择放。不休息好怎么工作？微服私巡是必须的。

清·冷酷霸总·雍正

我没你这个爱玩的傻儿子。

明·快乐宅男·朱翊钧

呵呵，当然要放，还是每天都要放。我是皇帝我最大，有本事你咬我啊。

太监

皇上这已经是第 3600 天了，今天还不上朝吗？

明·逆袭成王·朱元璋： 楼上的给我工作去，不知道为什么后辈们都变得如此懒惰，朕当初每天审阅二十几万字也从未想要休息。明明废了宰相，你们为什么还这么闲？

南唐·悲秋伤春·李煜

工作是什么……放我去吟诗作对，我只想看雪看月亮看星星，文艺青年的世界你们不懂。

宋·文艺青年·赵佶: 楼上的别走，我也不想工作。带我玩，琴棋书画我都能搭把手。

明·木匠达人·朱由校

强烈同意楼上二位，假是必须放的，别说了，我先雕个木雕……

唐·完美主义·李世民：你们以为贞观之治是怎么来的？放假来的？身为皇帝竟然还如此不务正业，楼上的三个可以给我拖出去吗？

明·宫斗达人·朱棣: 和父皇斗，和兄弟斗，和侄子斗，和大臣斗……哪来的时间休息，也不应该休息，都当了皇帝了，还想怎样?

秦·霸道总裁·嬴政

尔等真的是废了，想当初寡人每天审阅几百斤竹简奏折也从未想过休息。

古小潮

劳逸结合还是需要的，但是如果十几二十年不上朝就太懒惰了。

古小潮

在这里，希望所有的皇帝大大可以在勤政的空闲时间多休息休息，注意照顾好身体，才能更好地为人民服务（鞠躬）。

皇帝的笔友们（内容改编于《朱批谕旨》）

1. “尽量发胖，愉快而肥”

简介内容

姓名：爱新觉罗 胤祥
昵称：铁帽子王
民族：满族
职业：亲王
技能：治理水患，骑射小能手
人物关系：康熙帝十三子，雍正弟弟

胤祥
雍正

胤祥
四哥呀！人家在外面玩得好开心！
您就安心在宫里搬砖码字努力工作吧！

中正仁和
雍正
朕知道了。不过你会不会在外面吃得太胖！回来我连自己的弟弟都认不出来那可怎么办？

胤祥
哎呀皇兄呀，如果真的长胖了确实也不太好啊。
臣弟风流倜傥的形象怕会大打折扣，皇兄你说呢？
胤祥

雍正
尽量发胖
愉快而肥

胤祥

2. “你识字通文与否？”

难啊！真难啊！
世界上怎么会有请安折
这种东西存在呢？
TV
某大臣
请安折：即清代官员向皇帝问好的文书，简单来说就是时不时问候一下皇帝爸爸，在爸爸面前刷刷存在感，希望他能记住你。

烦烦烦
又到了给皇帝爸爸写请安折的时间……
我要怎样才能引起爸爸的注意？？
爸爸你最近过得好吗？
吃得好吗？
睡得好吗？
烦烦烦
烦烦烦
初有德

来人！把我那本
《清朝优秀词语大全》
拿来！
初有德
大人来啦！

初有德

喔
喔
第二天

雍正

雍正

雍正
?

臣庸愚劣谫，谬膺重寄，叨恩愈厚，兢
惕愈深。窃思昆虫草木之微，亦当知栽
培生成之德。抚躬自问，寝室靡宁。
兹更蒙天恩浩荡，赏赉频加。

此奏谢之文系你自作的？
幕客代笔的？
你识字通文与否？
览。
雍正

3. “好心疼！好心疼！好心疼！真正社稷之臣。”

尔之真情，朕实鉴之，
朕亦甚想你，亦有些朝事
和你商量。
雍正
情话小BOY
年羹尧

朕实在不知怎么疼你，
才能够上对天地神明。

4. “事不过三知道吗！”

① 闽浙总督每次奏折都想请康熙尝尝台湾的土产芒果：

这个芒果贼好吃！
给皇上送点！
觉罗满保
再给皇上送点！
觉罗满保
期待！
期待！
期待！
期待！
康熙

快夸我！
觉罗满保

芒果好吃是好吃~
但是没啥实用的，
朕最近财政吃紧，
不要再送了。
康熙

……

② 终于知道雍正为什么每天批阅奏折要到半夜了：

皇上您好呀～

我很好。

皇上您好呀～

我很好。

皇上您好呀～

我很好，甚至还胖了几斤。

皇上您好呀～

……

③ 可能是因为孙文成的请安奏折太多，雍正都被搞糊涂了，就会发生以下状况：

不止龙袍，皇帝还能这样穿

抹什么茶/文
大巫巫子/绘

第一章

咱们民间的俗话说得好，**“衣食住行，人之常情”**，活在这世上，但凡是个人，就绕不开衣食住行这四个字儿，即便是咱们这本书的主角——皇帝同学，那也是一样。虽然说你是真龙天子，但咱也不能裸体世上走一遭是不是？

再说了，裸体的皇帝，那是丹麦童话故事，可不是咱们中华民族的历史啦。

咱们现代人如今一听见皇帝的穿着，脑子里十有八九先浮现出金黄的龙袍，皇帝胸口的五爪金龙栩栩如生，远远看去，那叫一个雍容华贵，金光闪闪，端得是一个威武霸气。

特别是龙袍上这个金龙，特别有讲究。

特别是龙袍上这个金龙，特别有讲究，根据记载，皇帝的龙袍上起码有**九条龙**。龙袍的胸前、背后、左右肩膀各一只，前后膝盖各两只，还有一只被缝在衣襟里。

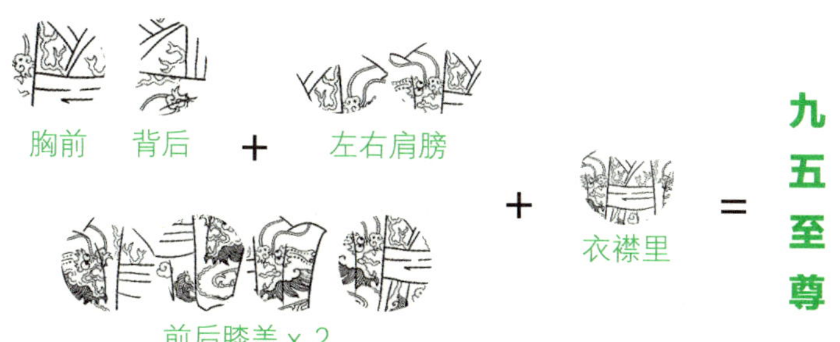

据说这样无论是从皇帝的背后看，还是从正面看，都至少能看到五条金龙，而这正有着**“皇帝是九五至尊”**的美好寓意。

有些皇帝是古龙爱好者，衣服上就多绣了几只，比如万历皇帝的衮服就有十二条飞龙。

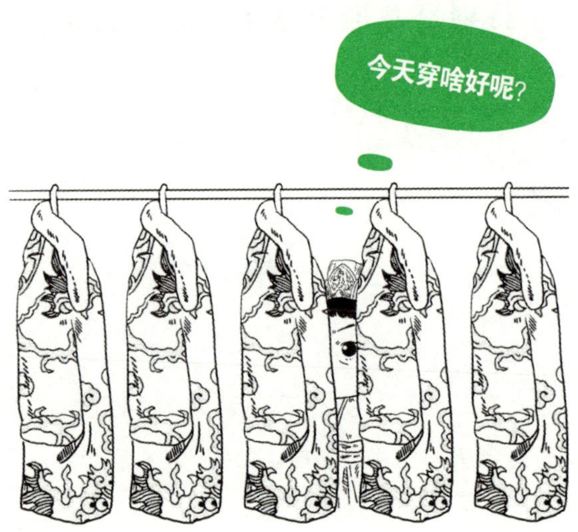

虽然限量版的龙袍看起来确实挺唬人，但是，让人一直想不明白的是，为什么看电视剧里的皇帝大多都穿黄衣服？其他颜色难道不好看吗？而且老穿一个颜色也会审美疲劳的。

其实历史上的皇帝，还真不一定是只穿黄衣服的，就拿咱们特别熟悉的秦始皇举例，这位仁兄不仅一点也不黄，据说还**“黑”**得相当漂亮！

秦国的人民特别喜欢黑色，不仅皇帝的衣服是黑色的，全国人民也都跟着穿黑色，想像一下这个画面：所有的人出门都一身黑乎乎的装束，每个人自带冷漠标签，手插口袋，谁都不爱，可以说是**相当朋克**了。

想象一下

但是，秦朝人民为什么这么**酷爱黑色**呢？还有，为什么秦始皇要穿黑色而不是别的什么颜色呢？是因为黑色经典吗？还是因为黑色耐脏？

No，大错特错！秦朝之所以选择黑色，可不是心血来潮，而是因为战国时期著名的阴阳学家邹衍发明的一种叫**“五德终始论”**的东西！

邹衍

朝代的更替，其实不是历史和人民群众的选择，而是冥冥之中已经有定数了！

这种历史唯心主义要是放到现在，自然是令大家嗤之以鼻的，但在那个人们崇尚玄学的时代，有个人能系统地把子虚乌有的玄学思想说得有鼻子有眼的，那又怎么能不让人们信服呢？

那么我应该穿什么颜色的衣服啊？

邹衍同学认为，朝代更替的内在规律，就是五行的轮回更替，即**金、木、水、火、土**，每种属性的德都有一定的寿命，而一种德衰败了，马上就会有另一种德去替代它，而这就造成了朝代的兴衰更替。

秦取代了属火德的周朝，水克火，而黑色代表水，自然用代表水的黑色作为秦朝的主要颜色啦！

“始皇推终始五德之传，以为周得火德，秦代周德，从所不胜。”

——《史记·秦始皇本纪》

于是，秦国举国上下都穿黑色吧！

那么问题来了，为什么取代了秦朝的汉，早期却也是穿黑衣呢？原来是因为汉朝的统治者认为，秦朝太短了，哪能算得上是朝代呢？只有我们汉朝才是周朝的真正继承人，所以我们才是真正的水德！

你听听，你听听，这话说的，太不给秦始皇面子了，合着秦始皇统一天下最后就是走个过场，后人压根不把你算账上，成何体统嘛！

……

而等到后来汉武帝上位的时候，人们慢慢回味过来，怎么能不把秦当朝代了呢？秦都结束了怎么还是水德呢？于是**“拨乱反正”**的运动开始了，既然我们是继承水秦，那我们就应该是土德嘛！

因此我们就能看到黄色终于登上大雅之堂，成为天子的**荣耀之选！**但在这个时代，黄色并不是天子的独享，无论高低贵贱，所有的人都能够穿黄色。

随着时代慢慢演进，到了唐朝（公元 618 年前后）的时候：

唐高祖

黄色代表的方位是中，是尊贵之色，恩，肯定是上天为我们一统中原的天子专门创造的，怎么凡夫俗子也能穿呢！一律禁了！

于是，金灿灿的黄色成功上位成为帝王之色的。

“唐高祖武德初，用隋制，天子常服黄袍，遂禁士庶不得服，而服黄有禁自此始。”

——宋·王楙《野客丛书》

再回过头来看，面对皇上的里三层外三层的龙袍，我们又不禁心生疑虑了：

群演

诶？怎么电视上的皇帝每天都在穿龙袍，那龙袍看起来怪厚重的，难道皇帝在炎热的夏天也穿这么厚的龙袍吗？

剧组

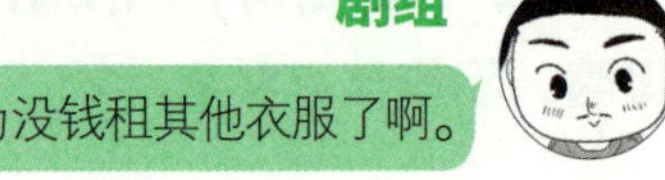

因为没钱租其他衣服了啊。

拜托，皇帝也不是傻子，要知道皇帝这个岗位的**存活率**和**平均寿命**本来就不高了，没事谁还用高温桑拿自杀玩儿啊？

那么，皇帝们都是什么时候穿金光闪闪的龙袍呢？而他们到了夏天的时候又是穿什么衣服的呢？

其实说起来，咱们也算是被现在的电视剧给误导了，但凡皇帝出来的镜头，几乎全都是金灿灿的龙袍，让人还以为皇帝就这一套衣服呢！

其实皇帝的衣服可多着呢，有时根据不同的场合需要，可能一天要替换好几次。

就拿清朝皇帝举例，皇帝的服装通常分为三大类，即**便服**、**礼服**和**吉服**。

休闲服

朝服、衮服

龙袍

在平时，皇帝一般会穿**便服**。便服是皇帝在日常生活中穿的休闲服饰，款式和一般的平民也没有很大的区别，但具体穿着便服的时候，也有一些要求，比如头上的帽子一定要和穿着的衣服相互配套，不能胡乱搭配，具体有**朝冠、吉服冠、常服冠和行服冠**四种。

礼服即朝服和衮服，是皇帝参加一些重大典礼时穿着的服装，其中朝服分为黄、蓝、红、白这四种颜色，皇帝参加不同的活动的时候，会对应着穿不同颜色的朝服。

而咱们经常看见的里三层外三层 cosplay 五芳斋粽子的龙袍，那属于**吉服**，天子只有在春节、祭祀天地等重大日子，才会穿上吉服。

你大可以把龙袍理解成婚纱，毕竟总没人天天穿婚纱玩儿吧！

至于刚刚咱们说**夏天穿什么**，这…这还真是个有趣的问题。

首先，大家都关心的问题是——

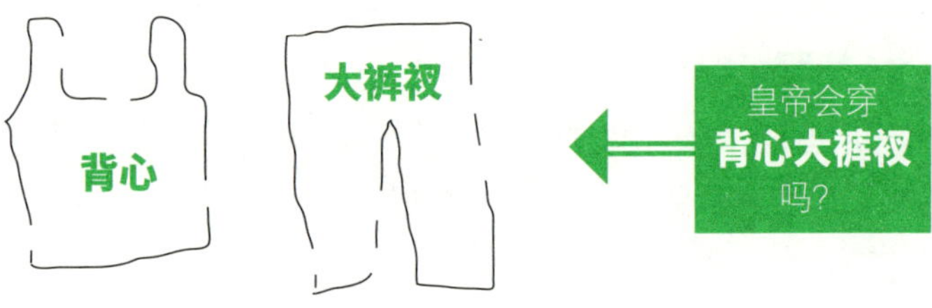

话说也不是没有这样的皇帝，比如隋炀帝就穿着背心大裤衩到处溜达，那确实也没人敢说个不字，就算觉得不雅，大家也只敢背后嘀咕几句是不是？谁还敢当着皇上的脸骂呢，**嫌活得太久吗？**

不过在古代，背心大裤衩通常只有干苦力活的人才会穿，皇室毕竟是皇室，也不太好做一些太出格的事儿，有辱身份，有时候碍于礼数，就算天气再热，那也只能忍着。

你看就连鲁迅先生笔下的孔乙己，穷书生一个，但在夏天也坚持穿着长衫，特别讲究体面。

所以说夏天当众穿背心大裤衩，估计皇帝自己心里首先就过不去了。

但皇帝也不是没办法，毕竟人家**有钱任性**，改变不了天气，但降个温什么的还不简单。

首先，古代皇帝到了夏天是会去避暑山庄度假享受的，那时候还没有温室效应，天也没像现在这样热到令人发指，而且皇帝周边还有小太监、侍女充当人力风扇，能够**二十四小时**不间断输出风力。

古代人的衣服宽大，没有皮带，上下通风，据说旁边人冲着你袖子扇风，能在让风在你的衣服中形成**对流**，比没穿衣服还凉快！

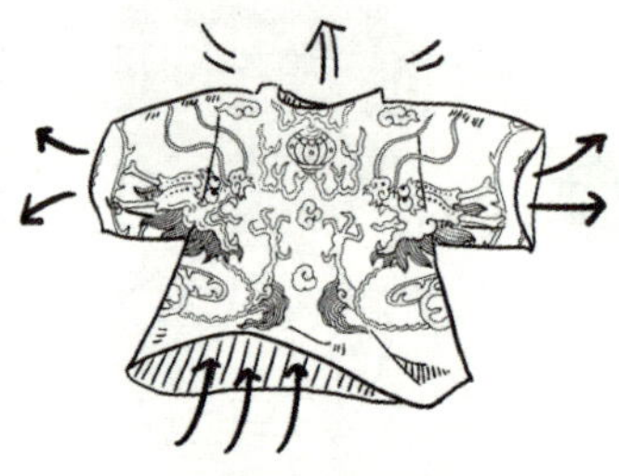

穿着这样的衣服，待在放满冰块的房间里，还有人力风扇，除了没有手机和Wi-Fi，感觉可比我们还要爽多了。其次，皇帝还有冰块配给，把住的地方摆满了冰块，按时更换，那跟空调房也没多大区别了。

就人家这**美滋滋**的生活，咱们却还担心他夏天热不热，纯属皇帝不急嘛！

抹什么茶/文
大巫巫子/绘

帝王也以食为天

第二章

皇帝平时都吃些什么呢？这可真是一个令吃货心动的问题！

如果你成为皇帝，要啥有啥，你是不是天天都把喜茶肯德基网红蛋糕摆满整张桌子呢？

可惜呀，你想的这些东西，古代都没有。那么，皇帝在过去到底都吃得好不好呢？这就不得不翻开**历史书**，穿越回古代一探究竟了。

咱们先回顾得远一点，看看周朝天子都吃些啥，毕竟周朝作为**“礼”**的开端，肯定特别讲究排场和规矩。

周天子的伙食在**《周礼》**和**《礼记》**中都有着详细的记载，传说老周家光是厨房员工就有两千多人。嚯，两千多号服务员专门服务一位，果然相当有排场了！

这两千人都有着各自的分工，有人专门负责烧柴鼓风，有人专门负责盯着水是不是烧干了，有人专门在一旁等水烧干了赶紧往里头添水，还有捕鱼达人，甚至还有专门腌咸菜的岗位，看来那时候的公务员工作强度不大，**福利较好，强烈建议报考。**

老妈！
我考上公务员了！

具体做啥的啊！

抓乌龟的！

……

特别注重**礼数**的周朝，天子进餐要有九个大鼎，但吃的也不是什么珍贵的食物，也就是牛肉、羊肉、乳猪等寻常肉食，毕竟在那个物资匮乏的年代，能大口吃肉，真的已经很满足了。

食医，掌和王之六食、六饮、六膳、百羞、百酱、八珍之齐。

——《周记》

不过，光吃肉不腻吗？而且周天子天天坐着不动，小心脂肪肝啊！**“食医”**就类似于我们现在的营养学家，专门为天子量身定做食物哒。

当然，周天子的食物听起来没那么好吃也正常，毕竟咱们现在习以为常的许多食材，在当时看来简直是天方夜谭，而中国的对外饮食文化交流，大多是在**汉朝**的时候才开始的。

西汉张骞出使西域，通过丝绸之路把中原的桃、李、杏、梨、姜、茶叶等物产以及**饮食文化**传到了西域，同时，也从西域引进了石榴、芝麻、葡萄、核桃、西瓜、甜瓜、黄瓜、茴香、芹菜、扁豆等食材，可以说让中原的食谱焕然一新。

据说汉灵帝带着自己的大臣和妃子天天吃西域美食，据**《续汉书·五行志》**记载“灵帝好胡饼，京师皆食胡饼”，而且那时候羊肉串已经进入汉人的食谱，没准汉灵帝也和我们一样在深夜撸过串呢！

汉代传入的西域食物经由魏晋南北朝，发展到唐代，已经广受老百姓们的喜爱，据说唐太宗还**亲自监制**过葡萄酒的酿造过程。

最重要的是，胡床的普及，让人们不需要再**跪着吃饭**，这对中国饮食的影响之大，恐怕也就不必我多言了吧，否则咱们现在还跟古人一样跪着吃饭嘞！

明清时期的吃食差别不大，咱们重点聊聊**清朝**。

如果你注意过各种奇葩小店里旁征博引的美食来历，你就会发现，清朝的乾隆康熙这爷俩可能方向感不太好，经常迷路，然后就**“无意之间”**发现各种好吃的。

不过令人疑惑的是，作为皇帝中的**“巡幸”**爱好者，乾隆皇帝和康熙皇帝是没吃过什么好吃的吗？怎么看到点啥就“赞不绝口”啊？是不是在宫里伙食太差了？

为了回答这个问题，我们有幸请到清朝末代皇帝溥仪，询问他对于宫廷御膳的看法，他清了清嗓子总结道：

溥仪

“华而不实，费而不惠，营而不养，淡而无味。”

这段对于御膳的评价可以说是相当精准了，不信可以看看清朝皇帝们的画像，基本上一个个都**瘦骨嶙峋**，当然，皇帝们业务繁忙是一方面，但吃得不好肯定也是重要原因。

根据记载，每天到了饭点前后，皇帝就主动下令，让御膳房传膳，太监接旨后不必跑去御膳房传令，只要一个接一个靠喊声传令即可，御膳房太监们听到呼唤，就派人将各种早就准备好的菜肴、主食和汤羹等迅速端上饭桌。

其实这个时候的饭菜可能早就已经凉了，但皇帝也不能直接吃，要让手下的一个太监先分别尝尝每道菜，这称作**“尝膳”**，目的是防止有人下毒。

那么，御膳房端上来的，具体都是些什么饭菜呢？

打开食谱，我们看到的是：口菇肥鸡、黄焖羊肉、樱桃肉山药、驴肉炖白菜、炸春卷……

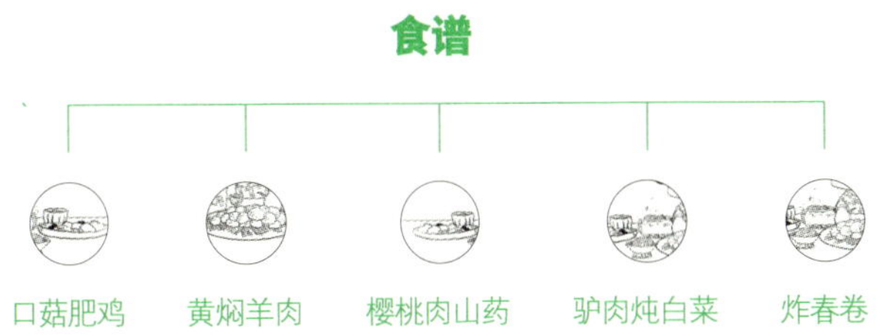

等一等，怎么都是**家常菜**啊，根本没有想象中的那种特别高大上的菜肴啊，感觉还不如现在老百姓家的年夜饭呢。

在物流发达的今天，咱们的年夜饭没准还能上个澳洲龙虾啥的，比什么肥鸡肥羊高到不知道哪里去了！

不过这也不能怪御厨，毕竟他们的主要任务是**“安全”**而不是**“好吃”**，做什么菜、做多少菜、一道菜怎么做，都是有规定的，哪怕是天下第一的厨子也没法在这么多限制中做出令人满意的菜，更何况所有的菜大多提前做好，一直小火煨着，早就过了最佳食用期限了，那味道，想必确实好不到哪里去。

至于皇帝一天要“消耗”掉多少食材呢?

光是猪肉就有几十斤，此外一顿饭要消耗鸡鸭十余只，数量远远超过一个正常人的需求，但是根据溥仪回忆，他并不会吃御膳房端上来的这些菜肴，基本都是吃妃子送来的小灶，那么御膳房的那些菜怎么办?只能倒垃圾桶了呗。

所以说，皇帝的食谱看似眼花缭乱，实际上真不比咱们现在饭桌上的好吃，而且皇帝想吃点美食总受到**各种限制**，手底下的人一方面防着皇上吃到什么不易提供的美食，一方面又用各种山珍海味供着，每样菜皇帝最多只能吃个几口，几乎没有什么快乐可言啊。

所以你瞧，皇帝吃得真不咋的，还不自在，最关键的是，那时候又没辣条，又没肥宅快乐水，你皇帝凭啥跟咱比？

抹什么茶/文
大巫巫子/绘

不知道大家还记不记得，《三国志》的刘玄德同志在年幼不懂事的时候，曾经对着门口的桑树夸下海口**“吾必当乘此羽葆盖车”，**后来果然成为蜀国的君主，经历实在太励志了！

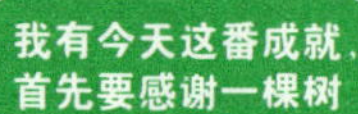

不过有些读者朋友看完这段心里嘀咕：

某读者

在古代，帝王出行都是什么样的排面？难道真的都坐桑树那么大的“羽葆盖车”吗？

说起古代的天子们出行，那不能叫**“出行”**，太低端，而应该被称作“巡狩”，或者“巡幸”，《孟子》中就提到过：**“天子适诸侯，曰巡狩”。**

巡狩者，巡所守也。意思就是天子在皇宫里待得无聊了，来到自己广阔的疆土上，看看为自己守护疆土的诸侯们过得好不好啊，有没有好好对待朕的子民啊，有什么好玩好吃的给整天待在宫里的朕长长“姿势”啊。

这样带着游玩目的或者政治目的的出行，自然是拖家带口、前呼后拥、浩浩荡荡，可谓是一次皇宫**集体 outing**。朝廷内外，全国上下，自然要前后打点，保证皇帝出行的万无一失。

皇帝出行的排场到底有多大呢?

北宋名画《大驾卤簿图书》记载了天子南郊祭天的**盛况**，画上共有官兵 5481 人、车辇 61 乘、马 2873 匹、牛 36 头、象 6 只、乐器 1701 件、兵杖 1548 件。

官兵	**5481 人**	**牛**	**36 头**	**兵杖**	**1548 件**
车辇	**61 乘**	**象**	**6 只**		•
马	**2873 匹**	**乐器**	**1701 件**		•

据汉·蔡邕**《独断》**记载，像这样天子出行的规模，古代称之为**“卤簿”**，即车驾次第和安保人员的规模，明代的卤簿制度是最为完善的，甚至清代的卤簿制度也不过是在明朝的基础上稍作完善而已。

但值得一提的是，天子出行排场之奢简，与当时的国力有着紧密的联系，比如清朝初期皇太极出行只带两三百人，但乾隆时期，规模最大的出行已经有两千余人。

虽然天子出行规模大很容易造成铺张浪费和贪污腐败，然而规格要是简简单单，却也没人会夸天子勤俭，反而大概率会被酸腐文人骂一句**“有失体统”**！

比如宋仁宗出行的时候，那礼仪就相当**简陋**，只是“前有驾头”“后拥伞扇”而已，哪像是天子出行，不知道的以为哪个村的里正出来买菜呢！

据说当时连两边道路都不清肃一番，甚至出现了两边楼上的普通民众在高处往下看天子的局面，这在等级森严的过去可是**大忌**。

当然，除了这种**浩浩荡荡**的出行，皇帝出行还有一种非主流的玩法，那就是老百姓喜闻乐见的“微服私访”，俗称“扮猪吃老虎”。

自古以来，好多皇帝都“被”微服私访过，每个朝代，几乎都有人说自己亲眼见过微服私访的皇帝，不过毕竟那时候网络通讯不发达，**出门基本靠走，宣传基本靠吼，**也没有转发谣言过五百就要承担刑事责任的法律规定，也正因如此，使得很多坊间的传闻都显得有些真假难辨。

除了坊间的传闻，在历史上有记载的第一位扮猪吃……不是，是第一位微服私访的天子是谁呢？

说出来可能你都不会信，居然是秦始皇！

《史记》里清楚地记载“始皇为微行咸阳，与武士四人俱，夜出逢盗兰池，见窘，武士击杀盗”，就是说始皇帝带着武士跑出去玩，居然还在路上碰到了强盗。

不过始皇帝什么场面没见过，心不惊肉不跳，让武士逐个击杀了那群有眼不识泰山的强盗们。

这份史料可以说是刷新了人们的三观，毕竟在各种影视作品影响以后，在大部分人心中，秦始皇胆小如鼠，极其害怕刺客，不仅用磁铁做门，还不允许任何人出现在自己的百步之内，怎么可能还会独自出去呢？

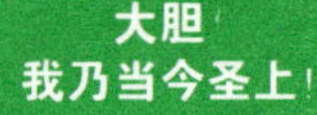

康熙皇帝可以说是民间大名鼎鼎的**贪玩皇帝**，传闻康熙多次微服出访，体恤民情，游历民间，当然也各种化险为夷，惩治了不少贪官恶绅。

但是，真实历史上，康熙真的多次微服出访过吗？

首先……

单从理论上和可操作性上而言，康熙微服私访的难度，真的很大。

皇帝不像咱们想的那样，每天只需要吃喝玩乐，他们每天都有许多的要事需要处理，而且几乎所有的皇帝都是**工作狂人**，不信你可以翻一翻资料，算一算各朝皇帝的平均寿命。

而且……

皇帝作为皇宫的主角，起居饮食都是有专人伺候的。

想象一下，一大清早，管事太监起来一看卧室，皇帝不在，那太监总不能跟没事人似的，转身就自己去御膳房喝粥去了吧？所以如果康熙真的微服私访，那恐怕康熙还没走出宫，全宫廷就都知道了。

除开这些因素……

康熙皇帝本人也曾公开批评过微服私访的行为，在**《清圣祖实录》**中，康熙曾经对自己的大臣发表过一次即兴演讲，说自己绝对不可能微服私访，如果自己想要知道民间到底发生了什么事情，根本不需要通过这种方式。

“此等事，朕断不行。举国臣民以及仆隶，未有不识朕者，非徒无益，亦且有妨大体。况欲知天下事，亦不系于此也。”

事实上，康熙在位期间应该确实没有偷偷摸摸去民间，他都是正大光明地公开**“巡幸”**的，而且完全不是去吃喝玩乐外加艳遇的，真的是去查看工程实施进展以及民间情况。

康熙作为一位皇帝，可以说是**勤勤恳恳**，所以很多人都认为，清朝的“康乾盛世”和康熙的勤政是分不开的，但是“巡幸”这事儿，到了乾隆时期，就有点儿变味了。

根据**《清实录》**记载，乾隆帝曾经六下江南，但是他下江南的目的和祖父康熙完全不同，不是为了体察民情，而是为了个人的游乐和享受。

每次出行前，他还会假惺惺劝诫大臣们不要劳民伤财，结果真的出门的时候，前呼后拥两千余人，浩浩荡荡，一路吃喝玩乐到江南，耗费了不计其数的财力，可以说是**真·影帝**了。

乾隆每次出巡的规格，可以说一次比一次高；而民间迎接皇帝的花样，也一次比一次多。

民间传说乾隆第五次南巡，快要靠岸时看到岸上有一个大桃子，乾隆和小伙伴们都惊呆了，夭寿啊，天底下居然有这么大的桃子！正要靠近仔细看，突然桃子分离开，露出中间一个超大的舞台，戏子在上面唱戏，天上烟花绽放，这**欢迎仪式**让乾隆大为欢喜。

乾隆南巡给大清国库造成了巨大的压力，每次南巡都要花去大量银两，这就算了，江南地区的官府为了能够让皇帝有一个好的出游环境，各种**暴力拆迁**，给江南地区的隐形贫困人口造成了难以承受的伤害。

而正是这样一位贪玩的皇帝，居然在人生快要结束的时候，**一本正经**地对自己的亲信大臣说：

乾隆

嘿嘿，南巡劳民伤财，将来我的子孙如果要南巡，一定要慎重哇！

琴城野老/文
大巫巫子/绘

学霸皇帝的养成之路

第四章

在古代什么样的人才能称为**“学霸”**？

很多人听到这个问题都会觉得：这是一道送分题嘛！

学霸第一梯队：状元榜眼探花。

学霸第二梯队：进士举人秀才。

无论现代还是古代，当学霸都得以考试名次**论英雄**不是？

其实在古代，还有一个**学霸群体**隐藏得很深，他们就是——**皇帝。**

没错，古代的皇帝们不但要学习，学习的压力还一点也不比普通人小。

首先，教育皇帝的老师，那必须是大牛中的大牛，所以历朝历代的帝师都是当时的**学术泰斗**。

帝师招聘

但是，像汉朝的汉宣帝这种格外热爱学习的皇帝，觉得光有帝师远远不能满足自己对学习的追求，于是，他搞起了史上第一次由皇帝亲自点评的学术论坛，史称**“石渠阁会议”。**

“石渠”是汉初宰相萧何在未央宫以北建造的**藏书阁**，相当于西汉的皇家图书馆。在西汉时代，儒学的流派很多，各派的大咖一直争论不休。

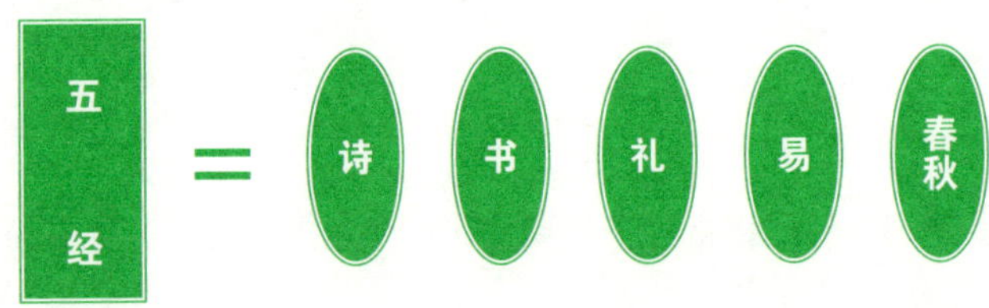

汉宣帝想，这不成啊，我可是要当学霸的人，要是我只做了一个派别的学霸，别的流派不承认怎么办？我得把评判学问的标准统一起来。

于是，汉宣帝就让太傅萧望之组织当时的大儒一起讨论，自己作为评委来决定哪些学说可以列为官学。

石渠阁会议之后，汉宣帝成功把自己喜欢的**《谷梁春秋》**设置为博士学，和**《公羊春秋》**并列，还把《周易》和《尚书》也增设进来。

到了唐朝，皇帝们的学习方法更为先进。

拿唐太宗李世民来说，他先是设立了**“文学馆”**，招揽天下的名士，还从这些人才中选出了十八个最牛的，号称“十八学士”，大家非常熟悉的大唐流量贤臣房玄龄、杜如晦都入选了。

文　学　馆

唐太宗常常和这些人讨论学问，商谈政事，也吟诗作赋，他自己觉得受益匪浅，于是又建了一个**“弘文馆”**，藏书 20 万余卷，也可以招纳文士讲经论道。

到了唐玄宗主政的时代，他简单直白不做作地表示："读书有所疑滞，无从质问。"翻译一下就是"读书遇到好多难点，没人教，朕不会"。

没人教怎么办？

唐玄宗

上家教呗。

于是，唐玄宗设立了**“集贤殿书院”**，诏文臣进宫侍读，哪里不懂问哪里。唐穆宗时又给这些人涨了工资，职务也提升起来，任命他们为翰林侍讲学士、侍读学士。这也就意味着，皇帝的**专职家教**这个工种正式诞生了。

大唐皇帝们这么热衷于学习，大宋的皇帝也不甘示弱。

宋朝皇帝几乎都有召见儒臣入宫讲读、分析治国方略的习惯，后来，这种帝王专属的学习方式就在宋朝形成了一种制度，叫做**“经筵”。**

宋代的经筵已经有固定的时间段了，类似于现代的学期，每年的二月至端午节，八月至冬至节都是讲期，这期间每逢单日，经筵官都要轮流入宫为皇帝讲经论史。要论宋朝皇帝里最重视学习的，要数宋太祖、宋太宗兄弟俩。这对兄弟学霸的特点是：**自学能力特别强**。

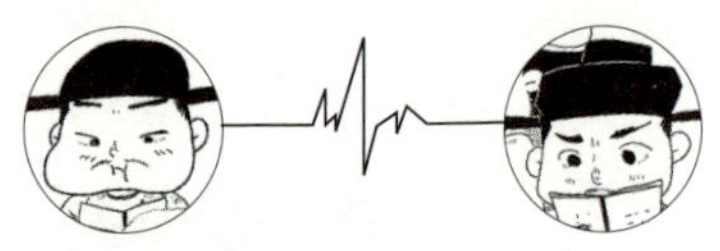

宋太祖赵匡胤登基后，专门下诏号召天下子民给皇家图书馆献书，并且给予优厚的奖励。他灭了南唐以后，第一时间把李后主的藏书都运到了京城来扩充崇文院，充分满足了自己的阅读爱好。

作为武将出身的皇帝，宋太祖读书的时候画风是很**霸气**的。有故事说有一天他在看书的时候恰逢暴风雨，一道雷打下来把书桌给劈了，但宋太祖拿书的手连动都没动过。

同样的，宋太宗赵光义也是个读书狂人。他除了参加固有的经筵学习，也很重视扩充自己的知识量，他命人搜集编纂了一套长达千卷的巨著**《太平御览》**。

这套书编成之后，宋太宗要求自己每天必须看三卷，就算因为处理政事耽误了，也一定要补上进度。结果他只用了一年就把《太平御览》通读了一遍。

《太平御览》进度　60%

身边的大臣都有点看不下去了，提醒说万岁啊您要注意身体，这么没白没黑地读书太辛苦了。

宋太宗却说："只要打开书本阅读，就一定能获益，读书辛苦吗？没觉得呀。"

到了**明清**时期，皇帝们的学习风格开始侧重于**实用性**，而举办经筵有很多繁杂的仪式，需要礼官主持，需要大臣陪读，讲完了还要赐宴。全套流程走下来，皇帝觉得心好累，大臣也觉得心好累。

所以明朝以来的经筵次数远远不如宋朝那么多。

不过，明朝皇帝发明了一个经筵的简化版——**“日讲”。**

顾名思义，日讲就是日常讲读，不需要繁琐的仪式，节奏快，内容丰富，比经筵更实用，皇帝和讲师都觉得很合适。

而且，明朝的辅政大臣在帝王的**养成**方面也很走心。

比如张居正曾组织编写过**《帝鉴图说》**，把历代帝王的事迹用一事一图的方式表现出来，浅显易懂，图文并茂，以适应幼帝登基的学习需要，可以说是非常贴心了。

清朝的爱新觉罗皇室们更是接地气，他们表示：我们马背上的民族讲究实效，不要那么多花式和套路。所以清朝皇帝对于重视仪式感的经筵兴趣了了。

但是，清朝皇帝们的学习压力可一点都不小，学习的内容也是史上最多。

学习内容

早读时间：早上五点
热身练习：骑射弓箭
列祖列宗语录学习：
《圣训》《实录》
语言学习：蒙语、满语、汉语

另外，还有经常性的**日讲**，由专门的日讲起居注官给皇帝讲经论史。至于练习书法、研读诗词歌赋之类，那都是额外项目了。

这么重的课业负担，不亚于高考了吧？

在清朝的皇帝里，最有名的学霸就是康熙帝了。

他不但每天都坚持**早读**，只要一有空就召见儒臣给自己开小灶讲课，晚上还要自学，经常用功到深夜。

康熙帝不仅精通中国的传统文化，对西方科学也很有兴趣。他专门任命了一批**“外教”**，也就是一些西方传教士，为他讲授天文历法、几何学，甚至是炮术，每日午前两小时，午后两小时，学得不亦乐乎。

康熙

沉迷学习，无法自拔！

更牛的是，康熙帝几乎每一科都学得棒棒哒！他曾经组织编绘了当时科学水平最高的中国地图**《皇舆全览图》**，写过一本科学著作**《几暇格物编》**，还发表过一篇科学论文**《御制三角形推算法论》**。

他还在宫里做化学试验，建实验室，推广金鸡纳霜和种牛痘，还研究培育了一种红色的杂交稻，产出美味的**“御苑胭脂米”。**如此彪悍的学习力，简直羡煞旁人。很多人都好奇康熙帝是如何做到十项全能样样精通的，请看学霸康熙帝分享的学习经验：读书要读 120 遍，背书也要背 120 遍，每天写字 1000 个以上！保你成绩好。

今日目标

读书：120遍
背书：120遍
每天写字：1000个

围观群众表示瓜子都吓掉了：这个学习强度，我等凡人果然只能仰望啊。算了算了，还是安静地做学渣吧。

做皇帝难，做一个学霸皇帝更难。古往今来的学霸皇帝们都不是一天炼成的，需要付出比普通人更多的勤奋和努力。

普通皇帝　　**学霸皇帝**

连皇帝都这么**励志**了，我们还有什么理由不好好学习呢！

周檀/文
大巫巫子/绘

吸猫吸狗，皇帝也是铲屎官

第五章

现代人爱吸猫吸狗，古人也不例外。在古代，养宠物是身份的象征，作为天之骄子的皇帝，怎么能少了这个爱好呢！

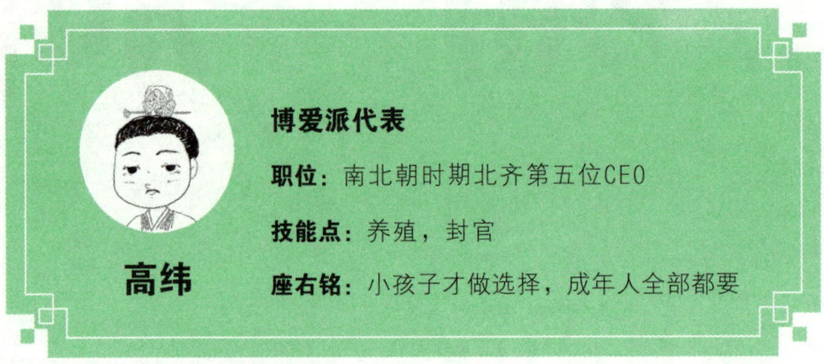

北齐后主高纬**财大气粗**，直接养了一大群宠物：鸡鹤鸥鹰、猴鹿龟犬，只要他能找着的，几乎一应俱全。

当然了，这一大堆宠物皇帝自己肯定照顾不过来，他就把这些宠物都“承包”给了宫女太监，实行宠物**“承包责任制”**，宫女太监们只要能把宠物养得好，就可以获得奖赏。

养宠物的宫女太监们都有如此厚赏了，宠物本身的恩宠自然更高。为了彰显宠爱，皇帝不仅下令给宠物们打造特制的金盘、金碗饮食，还给自己的宠物们都封了**“郡君”、“仪同”、“开府”**等官衔，这些官职可不光有个虚名，还能领到相应官俸！

姓名：萌萌
职位：仪同

姓名：木鸡
职位：郡君

比如他养的马就被封为**“赤彪仪同”**，养的鸡则被封为**“逍遥郡君”**。仅仅“开府”一职，皇帝就封了一千多个，零头都比其他朝代多得多！

不仅如此，皇帝还下令为爱宠们量身定制官袍、建造官邸，甚至安排宫女太监牵着宠物们一起上朝**“议事”。**上朝时百官就和飞禽走兽们站在一起，庄严的朝堂之上一下子和动物园一样热闹非凡。

在高纬荒唐至极的养宠行径下，北齐人心涣散，最终亡国。

元顺帝

大型动物爱好者

职位：元朝末代CEO

技能点：编舞

座右铭：bigger than bigger

元顺帝曾经养了一头大象当宠物。据史料记载，这头大象在元顺帝的训练下能够随着音乐起舞。这个技能倒是和唐玄宗养的**“舞马”**挺像，也不知道元顺帝是不是从唐玄宗那里借鉴的灵感。

但元顺帝养的这头大象可比玄宗的舞马忠诚得多。**《闲中今古录》**里记载，元被明所灭，这头大象就被明太祖朱元璋收编。老朱好奇，就让宫人奏乐，命令大象跳舞，可大象却充耳不闻。

见舞象不舞，朱元璋只好下令处死大象。可他仍然钦佩大象的忠诚，联想到元朝高官轻易投降自己，不禁感慨万千。于是让人做了写着**"危不如象"**的木牌，用来嘲讽曾在元朝做大官的降臣危素。

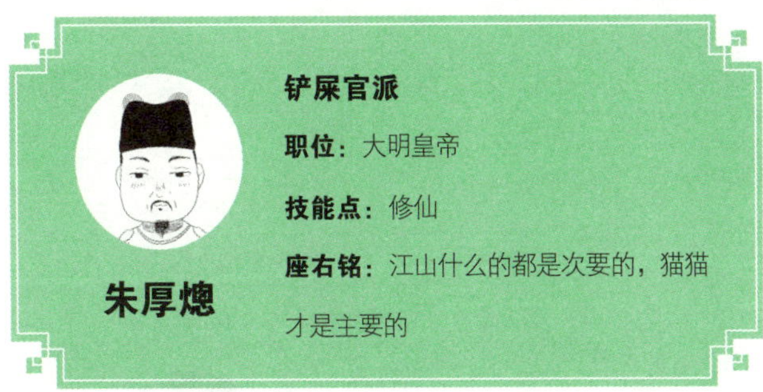

明朝的嘉靖皇帝可是名副其实的**“猫奴”**，虽然他这一辈子躲在后宫炼丹的时间比上朝处理政务的时间还长，但他却心甘情愿地拿出自己宝贵的“修仙”时间用来**吸猫**。

嘉靖皇帝爱猫如痴，他不仅亲自规定猫咪的伙食标准，还与猫咪**食同器、寝同床。**爱猫死后，皇帝伤心欲绝，还号召大臣给猫咪写追悼文。

知道皇帝爱猫，大臣们为了投其所好，就纷纷下血本在民间到处找猫进献给皇帝。

有了爱猫之后，本来就不太关心后宫的嘉靖皇帝整天和猫出入、生活在一起，更加懒得宠幸后宫嫔妃了。他尤其喜欢**“雪眉”**，还特别以帝王之礼敕封**“雪眉”**为**“虬龙”。**

要知道，在封建时代只有皇帝自己才担当得起**“龙”**这个名号，皇上把爱猫封为龙，显然是把猫咪当亲兄弟一般了。

不过也有一些史学家认为，嘉靖皇帝之所以这么爱猫，也是出于他热衷求长生的原因，因为传说中猫有九条命。

有爱猫的皇帝，就有爱狗的。清朝雍正皇帝就是一个。想不到吧，四爷不仅有时间追晴川、若曦、甄嬛和怜儿，还有时间养狗、吸狗。

想象中的生活

现实中的生活

雍正皇帝在位时间虽然不长，但一直以勤勉政事著称。和他喜欢到处旅游的儿子乾隆恰好相反，雍正一生也没出过几次远门，因此，养狗就成了他为数不多可以**消遣娱乐**的事情。

他自诩：**“以勤先天下，不巡幸、不游猎，日理政事，终年不息。”**

据史料记载，雍正皇帝有两只爱犬，一只叫**“造化”**、一只叫**“百福”**。皇帝不仅亲自为狗狗设计衣服、笼子、垫子等用品，甚至还多次下圣旨教导后宫如何照顾狗狗。俨然一副操碎了心的**“狗奴”**模样。

比如雍正五年，皇帝就下过这样一道**圣旨**，让内务府给造化狗、百福狗分别做虎拳头、麒麟套头的新衣服。

内务府接过圣旨不敢怠慢，赶紧加班加点照着样子把狗衣服做好了。皇帝一看，觉得不满意，又下了一道旨意：

雍正

着，将麒麟套头添上眼睛、舌头，其虎套头安耳朵。钦此。

雍正皇帝自继位之后的十年间里，还曾经多次以帝王身份郑重下旨，为他的两只爱犬缝制皇室礼服、造新狗窝。

不过雍正皇帝虽然**爱狗成痴**，却能做到吸狗治国两不误，比起那么多爱宠爱到玩物丧志的皇帝，他非常值得表扬！

周檀/文
大巫巫子/绘

皇帝追星是一种怎样的体验

第六章

不仅现代人追星，在古代，**追星族**也大有人在，其中甚至不乏九五之尊的皇帝。跟现代粉丝追星的行为比起来，皇帝们追起星来可以说是钻石、王者段位的了，更有甚者居然为了偶像改名换姓、挨骂被俘也心甘！

收集周边

唐太宗李世民开创了**“贞观之治”**，文韬武略少有人敌，可就这样一位千古明君也曾经疯狂崇拜过偶像，当过脑残粉。

李世民的偶像是**王羲之**。

当他第一次邂逅王羲之《兰亭集序》的拓片时，就深深爱上了王羲之的书法。后来他当上皇帝，更是派人到全国各地收集王羲之的书法作品，即使是临摹的作品，他也如获至宝。

李世民授意手下人：买得到的就买，买不到的就抢，只要是和王羲之相关的东西统统抱回皇宫来收藏。

唐朝何延之写的**《兰亭记》**中，讲述了萧翼计赚兰亭的故事，《太平广记》则说李世民是从一个广州僧人手里诈来的《兰亭序》。

后来这幅字成了唐太宗的珍藏，出入都**随身携带**在身边，甚至皇帝去世时，都与自己这些偶像周边同葬陵寝。

最长情粉丝一等奖

改名换姓

辽国的开国皇帝、辽太祖耶律阿保机是汉高祖刘邦的**骨灰级粉丝**。

虽然出身游牧民族契丹，耶律阿保机却自幼熟读汉唐书籍，深受儒家文化熏陶，尤其对历史故事特别了解。

虽然契丹曾经在唐朝时称臣，受封“李”姓，但耶律阿保机目睹唐代末期的衰败之景，对唐朝并不推崇，而是特别痴迷与唐代比肩的大汉王朝。

《辽史》记载：“太祖（耶律阿保机）慕汉高皇帝，故耶律氏兼称刘姓。”

皇上因为太崇拜汉高祖了，觉得成天念叨还不够表达自己的痴迷，甚至把自己的姓都改了。

不仅如此，因为汉高祖有名臣萧何辅佐，皇帝就要求母亲一族的后人都跟着**改姓**“萧”。好在皇帝对自己的直系亲属下手轻了点，没让后代也都跟着改姓，只是在本姓耶律氏之外增加了“刘”姓，所以辽朝皇族其实都有两个姓。

你们全家都是双姓人！

怪我咯？

从此之后，萧姓就和耶律姓一并成了辽国的两大贵姓。追星追到跟着偶像改姓的，估计辽国皇帝耶律阿保机是史上第一人。

爱运动爱生活

一般说起相扑选手，我们脑海中总会浮现出梳着丸子头、腰间挂一块白布、大腹便便的男性。但其实在中国北宋时，相扑运动还曾经**风靡一时**。只不过选手们不只是胖胖的男子，还有风姿妖娆的女子。

宋仁宗赵祯就是相扑女选手的**狂热粉丝**。

据**《武林旧事》**记载，宋仁宗盛治时女子相扑人才济济，涌现出嚣三娘、黑四姐等实力和流量兼备的国家级选手。相扑选手不仅技艺高超，而且香艳无比，故而让宋仁宗痴迷不已。

为了表达对女子相扑的热爱，宋仁宗自诩与民同乐，一本正经地召开了皇家赛事。皇帝为了表示自己工作和娱乐两不误，还把比赛场地设在了平时用来下达政令的宣德门前广场上，让文武百官、妃子侍从都来观赛。

皇帝就坐在楼阁之上，身边摆几个装满银绢的托盘。一场活色生香的女子相扑表演完，皇帝就把银绢扔下场表示恩宠。有时比赛一天扔下去的银绢，比一个地方官吏的一年的俸禄还要多。为此，司马光还特地上奏**《论上元令夫人相扑状》，**指责皇帝的行为有伤风化。

皇帝只好尴尬地笑笑，虽然皇帝也是人，但追星却需谨慎啊！

理智追星的典范

皇帝中有疯狂追星、天天给偶像刷礼物的，也有定力不错、理智追星的。比如唐朝中兴帝王唐宣宗李怡。

《资治通鉴》及**《唐语林》**记载，唐宣宗教坊里有个叫祝汉贞的喜剧演员，因为表演夸张诙谐，很得皇帝喜欢。有一次，祝汉贞表演时，抖的包袱涉及了外朝政事。皇帝马上跳起来教训道："我养你们是为了消遣，绝不是让你们干预政事的！"

皇帝于是下令严惩偶像祝汉贞，从此也不再看他的表演了。

除了祝汉贞，唐宣宗还特别喜欢一个叫罗程的琵琶乐师。罗程仗着有皇帝这个粉丝，谁也不放在眼里，竟因为小事杀人，被关进大牢。

皇帝知道后却没有向着偶像，而是按照法律公正地判了罗程死刑。罗程的好友为他鸣不平，皇帝说：**“你们欣赏他的才华，我却尊重唐朝的法度。”**

祖宗行不是真的行

电视剧里和女医谈允贤谈恋爱的皇帝明英宗朱祁镇也追星。他的偶像是自己太爷爷——明成祖朱棣。朱棣曾经横扫漠北，为了抵抗北方外敌，特地把都城从南京迁到北京，取天子戍边之意。

朱棣专用

读书时代起，听了几百遍老祖宗光辉事迹的朱祁镇就特别崇拜朱棣。

土木堡大战即将打响之际，明英宗也不掂量着自己几斤几两重，就仓促决定御驾亲征，结果在土木堡沦为俘虏，要不是名臣于谦急中生智另立新君，可能大明就亡在他的手里了。

可见，适度追星本没错。但是如果追得太疯狂、又没从偶像身上学到什么优点，那就真是**得不偿失**了！

周檀/文
大巫巫子/绘

不当皇帝，他们还能做这些

第七章

如果说生活是一部现实主义题材的影视剧，那么除了工作、生存的主线剧情之外，业余消遣的支线剧情也是必不可少的。

不论是混迹基层的龙套甲乙，还是九五至尊的帝王，都少不了培养一些**业余爱好**。毕竟谁不喜欢玩嘛！

可与普通人不同的是，如果爱好的东西太奇葩，遭殃的不仅仅是身边的侍从和大臣们，甚至一个不小心，连国家都玩没了。

皇位都是次要的，挣钱才是主要的

咱们都知道自从战国时期商鞅老爷子变法之后，中国古代就一直基本延续着**重农抑商**的政策，但是到了东汉灵帝刘宏这里却出了岔子。

刘宏平生最大的爱好就是做买卖挣钱，可惜在投身商海之前“不幸”先当了皇帝。于是为了满足自己的从商愿望，皇帝只好在后宫里模仿外面的商业街设立了一个市场，名为**“列肆”。**

据史书记载，汉灵帝在后宫斥巨资修建了一排商铺，让宫女太监们分别扮演商贩和顾客，还有的扮成街上卖货的、耍把戏的、乞讨的……大家一起叫卖、拉客、砍价、骂街，虽然没有剧本，但也演得十分逼真，热闹非凡。常常逗得皇帝龙颜大悦。

快点换衣服！
皇上马上过来看戏啦！
再排练一遍！

这些“演员们”放到今天肯定都是中央戏精学院高材生。

东汉戏剧学院毕业

只是模拟一下市场怎么过瘾？不久，汉灵帝又琢磨出挣钱新策略，他把钱拿回河间老家买田置地，进行不动产投资。

后来他又把朝廷的各种官职明码标价、公开贩卖来敛财。他把自己的商业头脑完全投入到了卖官的事业当中，根据买官者的身份灵活定价，甚至还可以按揭购买。这样的头脑放在今天肯定是**商界小王子**。

皇帝爱乞讨，丐帮做大佬

看过电视剧《兰陵王》的小伙伴们肯定对剧中的昏君、北齐后主高纬印象深刻。而历史上的高纬可比电视剧里的要荒唐得多。

这位皇帝有个特殊的爱好——**当乞丐。**

对，你没有看错，高纬堂堂一个九五至尊的皇帝，不好好钻研安邦定国之道，却偏偏对加入丐帮颇感兴趣。

高纬在他的后宫华林苑里斥巨资照着城外贫民窟的样子设计了一条**“高配版”**的穷街。

所谓“高配版”，就是除了和真正的贫民窟形似之外，其他的就跟“穷”字八竿子打不着了。毕竟这都只是为了让皇帝过过瘾，万一真有哪里伤了龙体，可得掉脑袋的！

贫民街修建完成之后，高纬亲自穿上宫内特制的“破衣烂衫”，迫不及待地跑进去当起了乞丐。他整日醉生梦死，一有兴致就钻进“皇室贫民窟”里来个**角色转换。**

一会像模像样地拿着皇帝御用的玉碗沿街乞讨，一会又把“讨来”的东西拿到仿建的“穷人市场”来交换吃食，玩得不亦乐乎。

皇帝不爱当，抢劫多爽！

如果说做买卖、爱演戏还算是在接受范围内的爱好，那么下面这位帝王的爱好就不是很让人理解了。

五代十国的南平王高从诲，在他老爹高季兴归西之后成功通过等额选举继任为南平第二任CEO。他最大的爱好就是抢劫和抱大腿。

因为他爹高季兴在位时和后唐打过架，两家关系一直比较微妙。高从诲一上台就先从后唐开始抱起，派遣使臣跑到后唐向人家称臣谢罪。后唐也不计较，**毕竟有了小弟谁不高兴？**

可高从诲这位小弟转眼又向晋高祖称臣了，五代十国有一家算一家，他挨个“臣”了个遍。只要大哥给赏钱，别说叫老大了，叫爸爸都行。

除了向全世界称臣之外，高从诲还特别喜欢**抢劫**来往的使节。南平地处各国交界，地理位置极其重要，各国想要互通有无都得打这里经过。高从诲就先以 CEO 的身份热烈欢迎使节借道，为各国使臣摆酒设宴，大加款待。

然后转头过来就带着护卫 cosplay 成山贼，把使节带的财宝一抢而空。等到被抢的 CEO 发表“强烈谴责”之后，他再嬉皮笑脸地把抢来的财宝原封不动地送回去。愤怒的各国 CEO 们由于互相忌惮彼此，也只好对高从诲的行径袖手旁观，无可奈何地称他为 **“高无赖”。**

得了，高无赖又来啦！

此山是我开！此树是我栽！

做皇帝都无赖到这个份上，高从诲称第二，估计没人敢称第一了。

皇帝也要心灵手巧

提到明代天启皇帝朱由校，大家可能一时反应不过来。但是提到历史上有名的**木匠皇帝，**那肯定就无人不晓了。

朱由校不仅精于做木工，而且对于亲自设计木活也特别感兴趣。据**《酌中志》**记载，他曾经成功利用木桶在宫里做了一个自动喷泉。

天启皇帝觉得当时流行的木床样式笨重、用料浪费，就打算改良一下工艺。皇帝花了一年多的时间，从设计图纸到锯木钉板全部一个人来，终于造出一张可折叠的木床。

这种木床不仅轻便，还雕刻有精细的花纹，即使是当时最厉害的工匠都禁不住叹服。

除了做家具，朱由校还是中国**“芭比娃娃”**的创始人。他曾经用木材雕刻了各式各样的小木人，木头人形神兼备，穿着各色的衣物，五官动作栩栩如生。做完一整套木人，皇帝就吩咐太监拿到市场上卖，往往能卖到高价。

朱由校曾经让太监把自己做的木工作品拿到京城工艺品市场匿名出售，没想到这件木匠活竟然引发**全城轰动**，大家纷纷抢购。

朱由校做皇帝虽然不怎么样，但在心爱的木工领域却得到了极高的赞誉。也不知是昏庸皇帝不务天下事，还是优秀木匠**错生**帝王家？

琴城野老/文
大巫巫子/绘

朝政之外，皇帝们都是这样玩

第八章

一国之君压力大，没事就得减减压。休闲娱乐也是皇帝们日常生活中很重要的一部分，说到古代皇帝们的**娱乐生活**，那叫一个丰富多彩。

不同性格的皇帝爱好不同，消遣的方向也就不同，如果按照娱乐风格来给皇帝们贴标签的话，大概会有这么几个 tag：歌舞型，运动型，非主流型。

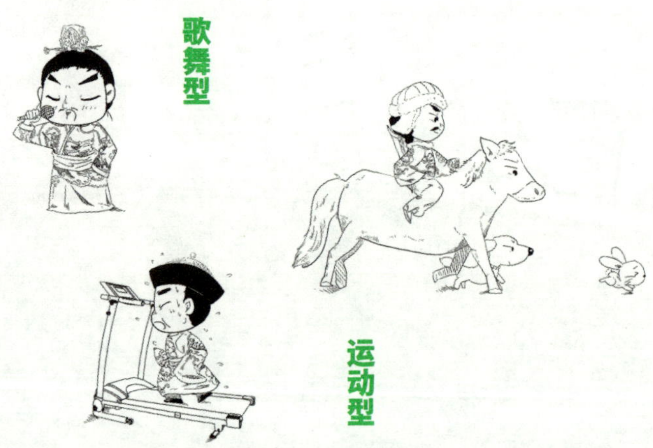

首先来看看歌舞型的皇帝们。歌舞这种爱好看上去很大众，但真正会玩的皇帝往往能玩出不一样的花式来。

唐朝是个歌舞的大时代，大唐皇帝们对于歌舞也是爱不完，随便找出几个，都是重量级的**音乐达人**。

比如唐太宗李世民，令手下编排了舞蹈**《秦王破阵舞》**，每逢庆典佳节时都会来上一出，作为经典保留节目。

是不是觉得“秦王”俩字很耳熟？没错，李世民没登基以前的封号就是秦王。而《秦王破阵舞》的前身，就是他大破刘武周时，由军队编出的一支军舞。

贞观 XX 年大唐春晚彩排现场

这首曲子的中心思想是：皇上最棒。

也许是唐太宗遗传基因里就有歌舞因子的缘故，大唐的皇帝们很多都是歌舞艺术的忠实 Fans，唐玄宗是其中最狂热的一个发烧友，他的代表作，就是鼎鼎大名的**《霓裳羽衣曲》**。

这首舞曲由唐玄宗亲自创作，并教授梨园子弟演奏，杨贵妃亲自带人彩排表演，虽然原曲已经失传，但从唐代许多大诗人留下的歌咏诗词里，还是能看出《霓裳羽衣曲》当年有多令人惊艳。

白居易

千歌万舞不可数，就中最爱霓裳舞——《霓裳羽衣曲》世界最美不解释。

元稹

赤白桃李取花名，霓裳羽衣号天落——请自行脑补一大波小仙女空降下凡就对了。

如果你认为，宫廷歌舞都是由人类来演绎，那只能说：贫穷限制了你的想象力……

在唐朝，有一种歌舞叫“舞马”，是由经过专门训练的马儿来表演的。早在三国时期，就有**“大宛舞马”**的记载。到了歌舞升平的盛唐，舞马技艺发展到了一个高峰，成为连皇帝都爱看的一个精彩节目。

马中的舞蹈高手跳起舞来什么样？说出来你可能不信，这些训练有素的高头大马不但会按着音乐的节拍跳舞，还能口衔酒杯，半跪下来向皇帝敬酒。

对于北齐后主高纬来说，旁观别人表演已经不能满足他对歌舞的爱了，自弹自唱才是王道。于是，这个有“无忧天子”之名的皇帝自己组建了一个乐团。

既然主唱是“无忧天子”，乐团的作品当然要切合自己的画风。高纬特喜欢作“无忧之曲”，创作能力还很强大，作词作曲演奏演唱样样行，妥妥的北齐第一**音乐唱作人**。

高纬的皇家乐团有几百人，每当有新专辑发布，他都会抱着琵琶自弹自唱，其他人就负责伴唱，场面一度非常火爆。

宅在宫里欣赏精彩绝伦的歌舞固然很惬意，但也有一些皇帝更偏爱酣畅淋漓的**户外运动**。

我们的口号是：

坚持健身，
远离肥宅！

运动派

就说说风靡现代的足球吧，足球在古代叫**蹴鞠**，早在春秋战国时期就已经出现，但真正流行起来是在宋朝，引领大宋足球风潮的就是宋徽宗赵佶。

宋徽宗是一个**超级球迷**，他在皇宫里成立了专门的球队，每年他都要举行大宋中超联赛，赢球的一队有赏赐，输球的要挨打，还得用黄白粉涂脸。

宋徽宗对于蹴鞠的热爱，让生活在北宋末年的体育特长生看到了成为高富帅的希望，文化不够，特长来凑！看看人家高俅，就是因为球技高超，才得到了宋徽宗的青睐，从一个无名小吏一步登天，成了北宋红极一时的权臣。

除了蹴鞠这个“大球”，还有一种“小球”很受运动型皇帝们的欢迎，它在古代叫**“捶丸”**，是在地面上用弯头的球杖将球击入球窝的一种运动，相当于现代的高尔夫。

史料记载，宋徽宗、金章宗、明宣宗都是捶丸的爱好者。宋徽宗有一套金边球杆，顶上用玉石来装饰，就连装球具的包都是由锦缎做成，可见宋徽宗对捶丸是真爱呀。

围猎也是深受皇帝们青睐的一项活动。比如清朝的皇帝，每年秋天都要到木兰围场狩猎，锻炼八旗子弟的骑射本领，这个传统被称为**“木兰秋狝”。**

木兰围场是个一万多平方公里的超级皇家猎苑，有各种不同的地形，还有数不胜数的野兽，请放心，这些野兽当然是——

包含大量**大型猛兽**的！

也就是说，前方不但有熊出没，还有虎出没，豹出没，野猪出没……

开创木兰秋狝的皇帝，同时也是木兰秋狝最佳战绩的纪录保持者，他就是威武霸气的康熙皇帝。

不吹不黑，提到康熙帝的战绩，那真是**彪悍**到不行，他自己的晚年自述是这样总结的：

"朕自幼至今，凡用鸟枪弓矢，获虎153只，熊12只，豹25只，猞20只，麋鹿14只，狼96只，野猪133口，哨获之鹿已数百，其余围场内随便射获诸兽不胜记矣。朕于一日内射兔318只，若庸常人毕世亦不能及此一日之数也。"

对于肥宅们来说，冬天就是理直气壮窝在家的**御宅季**，可对于一个运动型的皇帝来说，他们是不会被低温阻挡住健身的脚步的！

在这一点上，最有发言权的也是清朝的皇帝们。

在清朝，每年的冬至到三九之间，皇室会举办盛大的**“冰嬉”**大会，上千名八旗兵身穿不同颜色的戎装，脚踏冰刀，在冰上进行各种表演。比如冰上射箭，冰球比赛，甚至有儿童表演的花样滑冰。

对于“非主流”这个型的皇帝来说，普通人脑回路能想到的娱乐方式都太没劲了，他们要的效果是：

就要让你想不到！

南齐的皇帝萧宝卷有两个奇葩的**消遣方式**，一个是角色扮演，一个是耍杂技。

这位活宝在宫中设了一个集市，让太监宫女都扮作小贩吆喝叫卖，他和宠妃潘玉儿也参与其中，玩得不亦乐乎，甚至还自己卖起了猪肉，时人都用**“至尊屠肉，潘妃酤酒”**的民谣来嘲讽他。

只是爱玩 cosplay 也就算了，萧宝卷对杂技还情有独钟，尤其喜欢一项叫**“担幢”**的绝活儿，他能用手臂托住七丈五尺的白虎幢，这都觉得不过瘾，还要挑战极限，用自己的牙齿来顶，崩掉了几颗牙都不肯放弃，也是很拼了。

如果古代有**维密秀**，那北周宣帝宇文赟一定是坠落凡间的维密天使……因为他的最爱是研究时装。

这个被皇位耽误的超级男模，在穿搭上特别有自己的想法，他曾经用通天冠加金蝉饰品加超夸张的大绶带这套装束，成功地雷倒了所有的大臣。

旅游也是一个放松自我的好选择，论如何冠冕堂皇地出去玩，汉武帝是个大行家。史书记载，汉武帝**出门旅游**达 29 次之多，最久的一次长达 5 个月，关键是他的理由还都很充分：封禅、拜神、祭天、巡察，还有寻找长生不老药……

在这方面，能跟汉武帝一战的只有乾隆皇帝了，他一辈子六次下江南，到七十多岁还乐此不疲地在外面浪，美其名曰**体察民情**。

形形色色的休闲娱乐方式，其实也悄悄透露着皇帝们的性格和志向。励志也好，颓废也罢，都让人不得不评价一句：**你们古代皇帝真会玩儿！**

周檀/文
大巫巫子/绘

皇上，选我呀

第九章

皇帝也要心灵手巧

秦汉时期的皇帝们更加偏爱**天生丽质**的美女。特别是先秦时期，因为没有化妆品和整容技术，女生们要想留住皇上的心，就只能靠自己的素颜了。

据东汉·赵晔**《吴越春秋》**里记载，中国四大美女之一的西施，虽然家境贫寒，买不起迪奥、香奈儿，也没有LV、蒂凡尼，但却生生凭着美若天仙的素颜让吴王夫差一见倾心。

而汉代时的皇帝们对选妃则有了更高的要求，不仅要有闭月羞花的容貌，还要气质优雅、举止端庄，最好还能有点才艺。比如汉武帝的皇后卫子夫就擅长击编钟，而汉成帝宠幸的妃子赵飞燕更是能作“掌上舞”的舞蹈艺术家。

气质端庄！
举止优雅！
有才有艺！

皇帝爱数学，一丝不能错

诸葛亮在**《出师表》**当中提到刘备成天跟他吐槽两个不靠谱的皇帝祖宗，“未尝不叹息、痛恨于桓、灵也”这个“桓”指的就是汉桓帝刘志。

在老刘及其手下们的**精确计算**之下，后宫嫔妃的身体各个部位都被迫遵循严格的尺寸数字：被选中的妃子净身高必须刚好七尺一寸，两肩宽必须一尺六寸，臀宽要比肩宽少三寸，从肩膀到手掌必须二尺七寸，手掌手指共要四寸长，从大腿到脚长要三尺二寸，足长要八寸……

这些严苛的数字，即使是在今天工业生产的流水线上也未必能做到毫无误差。但汉桓帝却近乎偏执地痴迷着这一串数字，也不知道在这样的标准之下，能有几个大家闺秀恰好长得完全符合标准。

纵然一朝成了皇帝的妃子，恐怕也得日夜担心长高长胖，必定要几十年如一日地保持身材，否则等待着的估计就是**“冷宫残月”**啦！

选妃堪比特工

——清·纪昀《明懿安皇后外传》

明朝的选妃制度**十分复杂**，要经过海选、初选、身材测量、五官检查、裸体检查等多项步骤。

首先要在全国范围内贴皇榜海选 13-16 岁的适龄少女，再由各地地方官在报名的人当中选出报名女子当中的佼佼者共五千人左右，最后由官府发给礼金和路费，送往京城参加**初选**。

这些女子进入京城安顿好之后，就要到宫里集合，每百人站成一排，由总领太监带着几个品级较高、经验丰富的太监通过目测的方式进行初选。那场面就跟现在学校的军训方队似的。

声音太细
皮肤不好
声音太粗
身材太胖
长得太高
发质不好
长得太矮
身材太瘦

在初选当中，声音太粗或太细的、长得太高或太矮的、身材太胖或太瘦的、皮肤或发质一看就不好的，都会立刻被淘汰。初选当中一般又会淘汰掉一千人左右。

初选之后，剩下的女子们被允许进入皇宫内，由富有经验的老宫女们进行**身材测量**和**五官检查。**

明代选妃不仅对妃子的胸围、腰围、臂长、肩宽等有明确的比例规定，还要求妃子五官端庄、肌肤雪白到连一颗痣都不能有。

因此，在这一步选拔当中会淘汰掉大部分的人，每一个细节都十分关键，稍有不合适就会出局。

经过层层选拔之后，最后剩下的女子终于可以进入**裸检环节**了。

宫人们会带着剩下的女子分批次进入一间密室，然后让女子脱掉全身衣服，由宫中年老可信的宫女通过**“亲手实践”**确认女子们的胸部和身材发育如何、皮肤有没有弹性，再认真从头到脚闻一闻，考察女子们有没有口臭脚气、身上是否有体味、流汗时是否携带异味等。

这次选拔之后还能留下的女子，常常不足三百人。

然而你以为这三百人终于可以成为后妃了吗？ NO,NO,NO！她们还要再闯过一关，那就是**性情测试**。

女子们要住在宫中一个月，这期间周围的宫人会在明里暗里观察她们的脾气秉性、言谈举止，凡是举止轻浮、气质粗俗、没有脱离低级趣味的人都会被淘汰。

皇帝的妃子既要长得万中无一、又要气质优雅得体，还要智商情商**双商在线**，这选妃还真是比选个特工还难！

难 难 难 难 难 难 难

侍寝看天意，手气是王道

选妃虽难，但是侍寝也不简单。

据后晋**《旧唐书》**里记载，唐玄宗李隆基的艳福也不浅。他在位期间，后宫嫔妃、宫女最多时甚至达到四万人。于是唐玄宗就想了个办法。他让同住一宫的嫔妃们一起投骰子，最后谁的点数大就选中谁侍寝。

据五代·王仁裕**《开元天宝遗事》**里记载了唐玄宗**“随蝶所幸”**。

春天时，他命令后宫佳丽们在宫门前随意栽种自己喜欢的花，等鲜花长成盛开之后。皇帝每次想巡幸后宫时，就让侍从放出一只蝴蝶。他就带着浩浩荡荡的仪仗跟着蝴蝶走，蝴蝶停到哪里，皇帝就在哪里留宿。

据明·冯梦龙**《古今谭概》**里记载，到了夏天，唐玄宗又让嫔妃们争相捕捉萤火虫，谁先抓到他就宠幸谁。或者召集妃嫔到一个大院子中间，皇帝化身中国版丘比特，以竹木作箭，箭头捆上香囊，朝嫔妃射过去，射中了谁，谁就会在当晚侍寝。

尽管皇家选妃制度如此严苛，民间女子们仍然绞尽脑汁想要进宫。只因为这样能稍给母家带来些利益。然而当这些妙龄少女们进入深宫之后，漫漫**“求宠”**路，才只是第一步，除了要努力保持容颜之外，还真得下一番功夫才行呢！

琴城野老/文
大巫巫子/绘

第十章

这年头，几乎每一个年满十八周岁的大好青年，都认识一个爱管闲事的**催婚大妈**——

今年多大啦？

有对象了没？

哇！

领证了没有？

哇！

啥时候结婚？

哇！

领证了没有？

今年多大啦？

哇！

有对象了没？

有对象了没？

其实还好啦，要知道，古代的皇帝们可是十三四岁就要被**催婚**了，而且皇帝找对象的自由度普遍都很低。因为对于皇帝来说，结婚这事儿的重要性仅次于登基，从准备工作到婚礼的筹办都超级心累。

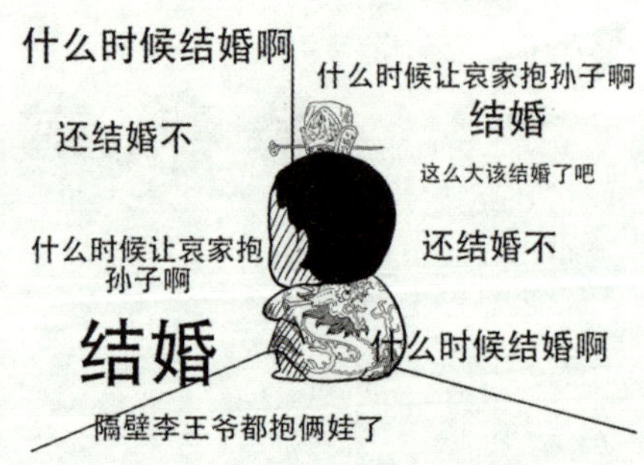

比一比他们，你就会觉得眼前的大妈们都是浮云。

大家都知道，古人通过自由恋爱结婚的很少，讲究的是**“父母之命，媒妁之言”**，而且结婚规矩超多——娶妻和纳妾不一样，初婚和二婚不一样，各种风俗、流程、礼仪，复杂得能编一本百科全书。

可以说，在古代，没什么事比结婚更能体现**“仪式感”**这个词儿了。

早在西周时候，老祖宗们就总结出了婚礼的**“六礼”**，分别是“纳采、问名、纳吉、纳征、请期、亲迎”（《礼记·昏义》）这六个基本环节，可以说是“结婚攻略 1.0 版”。自从有了它，大家就一直沿用这个套路来办喜事。

皇帝要结婚，事儿就更多了。因为普通人顶多也就三妻四妾，皇帝可是拥有后宫佳丽三千！不管立后还是册妃，都有一大堆仪式要搞。而且，皇帝既然是天下最尊贵的人，婚礼当然不能跟普通人一样，必须显示出皇家的高端大气上档次。

朕走过最长最远的路，
就是通往婚礼的套路！

为了给皇家婚礼提供更多的参考，唐朝时，皇室官方出台了一个“结婚攻略 2.0 版”，专门为皇帝结婚立后而定制，在 1.0 版六个环节的基础上做了调整，全新升级为十个环节！

它们是：**祭告天地、临轩命使、纳采、问名、纳吉、纳征、告期、告庙、册后、命使奉迎、同牢、合卺。**

皇帝有个别称叫天子，顾名思义就是天的儿子，所以，天子要结婚了，首先要**“祭告天地”**，告知立后的事项。而“临轩命使”就是皇帝要颁布诏书，宣布自己要册立皇后，并安排使臣代替皇帝到老丈人家宣读圣旨、张罗婚礼。

可以，这很皇家。

而纳采、问名、纳吉、纳征、告期这几项，就是皇帝派使者到女方家中下聘礼，合八字，定下结婚日期，类似现代人**订婚仪式**的流程。

重点来了——**彩礼时间**到！

先说一个绝对不能少的标配：大雁。

据**《礼记·昏义》**里记载，古代结婚的聘礼中必须要有大雁，最少两只。因为大雁是一种对伴侣非常忠诚的鸟，一生只有一个伴侣，古人用大雁作为聘礼，就是借用大雁的这种品质来寓意夫妻恩爱白头。

还有一点，大雁是野生的，不像鸡鸭鹅一样随便就能买到，而且作为结婚聘礼的大雁，必须得是活的，这就对男方的捕猎水平有一定的要求，也是女方家族对男方的一种考验。

当然了，除了象征意味浓厚的**雁礼**，金银首饰这些硬通货肯定也不能少，既然是天子，彩礼当然也是天价，没毛病！

东汉桓帝刘志娶权臣梁冀的妹妹梁女莹为后时，花了两万两黄金。明神宗朱翊钧迎娶孝端皇后王喜姐，光是织造费用就花掉了九万两白银。清朝的光绪皇帝更夸张，他迎娶隆裕皇后花了五百五十万两银子，超肉痛的有没有？

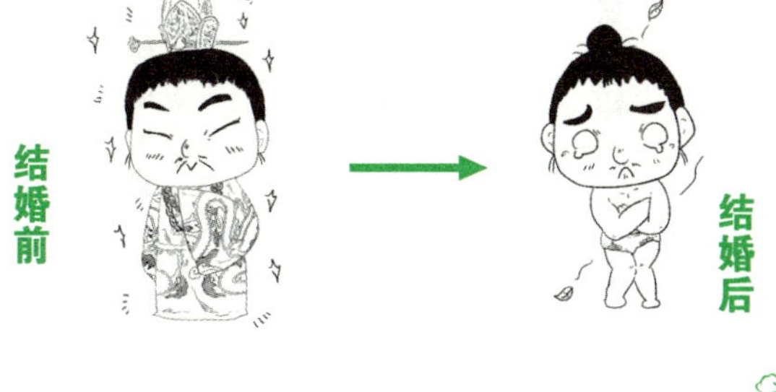

《大清会典》中曾经记载过光绪结婚的天价礼单，包括 200 两黄金，10000 两白银，一个金茶筒，两个银茶筒，两个银盆，1000 匹绸缎，20 匹文马等。

给皇后的礼物，足足用了 74 座龙亭装载，给老丈人的礼物，也装满了 58 座采亭。为了结个婚，也是很拼了……

完成了这些工作，皇帝就要祭祀宗庙——**告庙**，然后举行册后仪式。

册立皇后是由使臣在皇后的娘家进行的，到了那一天，皇后会由宫中来的女官打扮得美美哒，在家中出阁，站在庭院中面北跪拜。使臣宣读册文，授予典册和皇后宝印，奉迎使者会率领着仪仗队把皇后接入皇宫。

作为后宫的**一把手**，皇后的册立仪式当然是最庄重、最豪华的了。只可惜，后宫虽然只能有一个皇后，却可以有很多很多的妃嫔。

虽说名义上皇帝大婚是特指迎娶正妻，也就是皇后，但实际上，品级高的妃嫔们在册封的时候也是很有面子的，走的程序其实和皇后差不多，仪式和排场虽然不如立后那么复杂和风光，但也要正正经经地大办。

说白了，皇后的婚礼有且只有一次，但你永远不知道皇帝的婚礼什么时候举行下一次。

当然，在等级制度森严的古代，妻和妾的地位差距是很大的，皇帝的妻妾也是一样。在民间，妻为娶，妾为纳。在皇家，相对应的就有**“立后”**与**“纳妃”**的区别，所以皇后的结婚证上写的是**“册立”**，妃嫔的结婚证上只能写**“册封”。**

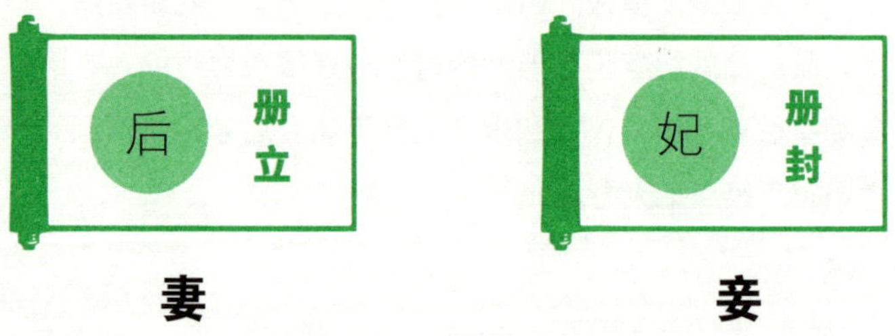

另外，还有很多直观的对比。比如皇后的印玺称为**“宝”，**皇妃的印玺只能称为**“印”**，印玺的材质和款式都有差别。册立皇后的仪仗队比册立皇妃的更华丽浩大等等。

要说最明显的区别，莫过于后妃们的结婚礼服——凤冠霞帔了。比如明朝规定，皇后的凤冠是**“九龙四凤冠”**，搭配皇后的专用礼服。皇妃的凤冠只能是**“九翟冠”**，同时饰品和礼服都要降等。

凤凰三连：

正宫娘娘，母仪天下，
后宫我最大。

翟鸟三连：

凤凰高仿，颜值即正义，
我为皇妃代言。

有人问翟是什么？翟就是翟鸟，学名叫长尾雉鸡……虽然雉鸡也挺好看的，但是和凤凰就没得比了。

在立后或册妃仪式完成的时候，皇宫里已经布置得非常喜庆了。根据中国的传统，作为婚房的寝宫当然是以大红色和明黄色为主，而各种装饰物品会以象征帝后的龙凤作为**主要图案**。

以清朝的皇帝大婚为例，帝后的喜床通常是龙凤喜床，床帐则是寓意多子的百子千孙帐。整个画风什么样？还记得前一阵很红的乾隆最爱“各种釉彩大瓶”吗？嗯……大概就是这个农家乐审美。

皇后在凤舆上也不轻松，她全程都会捧着一只苹果和一柄金如意，下轿后把苹果换成一个装满珠宝金银的宝瓶，取的是**“平安如意”**的寓意。

到了乾清宫，皇后得先勇跨一个火盆，意思是趋吉避凶，到了坤宁宫，再勇跨一个马鞍，象征着平安吉祥，完成这些考验，才能进入洞房。要是没点儿运动神经，还真应付不来。

之后，皇后先在寝宫整理一下仪容，再由女官簇拥着进入大殿，典礼完毕，皇帝与皇后共同进入婚房内，进行整个婚礼中最浪漫的事——

等会儿，别想歪了！这会儿要做的可不是别的，是**“同牢”**跟**“合卺”。**

“同牢”就是新婚夫妻一起吃同一牲畜的肉，很科学吧？能吃到一块儿，才能过到一块儿嘛。

而“合卺”就是喝**交杯酒**了。卺的本意是瓢，把一个匏瓜一分为二，就剖成两个瓢，夫妻各拿一个饮酒，象征着合二为一。

无论贫穷还是富有，无论疾病还是健康，你们都要彼此相爱。另外，据说匏瓜是苦味的，拿来盛酒，酒也是苦的，夫妻共饮合卺酒，也有同甘共苦的意思。

在正式的仪式中，也会穿插一点活跃气氛的小活动，比如安排结发的侍卫夫妇在窗外用满语唱《交祝歌》，送上美好的祝愿，帝后一起吃下半生不熟的子孙饽饽，寓意**“子孙满堂”**等等。

礼成之后，盛大的皇家婚礼才算是告一段落。

你以为这就结束了吗？并没有！

因为，皇帝结婚，从来就不是两个人的事……结完婚至少还有一个星期，要用来进行各种应酬。

太后那边得拜见行大礼吧？皇家的各路亲戚们得进宫送祝福吧？文武百官得恭贺皇帝新婚之喜吧？

于是，皇帝夫妻还得穿着华丽的礼服正装，一轮一轮地走流程……

前前后后一整套繁琐复杂的流程走下来，绝对是个体力活儿，也绝对是个花钱如流水的活儿。不管怎么说，真龙天子们是真心不容易，这波皇家狗粮看起来**昂贵又光鲜**，但背后的婚姻到底什么滋味，只有他们自己知道了。

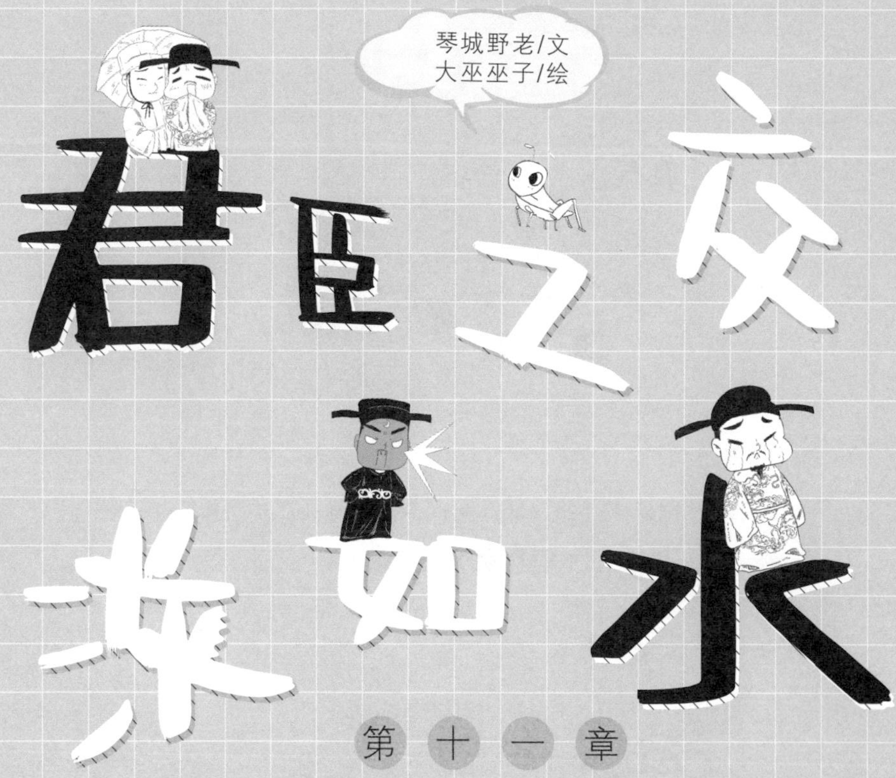

第十一章

天底下最刺激的上下级关系，莫过于皇帝和大臣了。**“伴君如伴虎”**这句话可不是说着玩的，毕竟皇帝不是一般的CEO，他手握生杀大权，做臣子的做好了可以平步青云，一旦行差踏错，说不定就得丢掉小命。

不过，君臣之间的日常，倒也不一定时刻都要绷着根弦一本正经。历史上有不少的**君臣关系**还是很有爱的。

据野史说南朝宋孝武帝刘骏就是一个外号界的带头大哥。他特别喜欢给大臣起外号，在他执政期间，有点身份的大臣们几乎**无一幸免**。

比如光禄大夫王玄谟，被刘骏起了个外号叫“老伧（cāng）”，意思是无赖。

仆射刘秀之做人比较抠门，被刘骏起了个外号叫“老悭”，意思是吝啬鬼。

侍中颜师伯缺了颗牙，被刘骏叫做“齴”，意思是大龅牙。

还有一些留胡子的大臣，刘骏统统称之为“公羊”，他认为羊才留胡子。

没办法,谁让刘骏是皇帝呢？就算这些外号对众大臣各种“人参公鸡”，大家也只好答应着。

但是话说回来，起外号并不是皇帝的特权，做臣子的虽然不敢明着冒犯皇帝的天威，但背后也会偷偷地给皇帝起个**别称**。

据宋·陶谷**《清异录》**里记载，唐太宗李世民的胡子很硬，能够挂住一副弓箭，由于李家人有胡人血统，这胡子还带点自来卷。于是，大臣们就在背后称李世民为“髭（zī）圣”。

据北宋·司马光**《资治通鉴·后周记》**里记载，辽穆宗耶律璟喜欢彻夜饮酒作乐，白天起不来床，把正经事都放在一边呼呼大睡，因此被起了个外号叫**“睡王”**。

明·吕毖**《明朝小史·卷六》**里记载，明宣宗朱瞻基特别喜欢斗蟋蟀，各地的臣子们为了投其所好，纷纷进献厉害的蟋蟀，导致当时一只小虫比一匹骏马的价格还贵，于是他就有了一个外号**“促织天子”**。

如果说起外号这事是暗地里互损，那些明着给对方插刀的君臣们就是赤裸裸的坑你没商量了。

《隋唐嘉话》里记载了一则故事，唐太宗李世民手下的名臣房玄龄是个妻管严，娶的夫人十分厉害，从不让房玄龄纳妾，唐太宗想赏赐几名美女给房玄龄，房玄龄却屡屡推辞不敢收。

唐太宗一看，哟呵，朕发福利，你做臣子的竟敢不收？你这是光知道惧内，不知道惧朕了？把你夫人叫来！

房玄龄心里苦呀，哪有老板搅和下属家务事的？这手也伸得太长了吧。然而腹诽归腹诽，他也只能照办。

当然，唐太宗这样的明君是不会草菅人命的，他给房夫人上的是一杯醋……从此，爱情中的嫉妒之情就有了一个新的代名词：**吃醋。**

你酸了吗？

吃醋：chīcù
形容嫉妒

词语发明人：
唐太宗、房玄龄夫妇

无独有偶，大唐著名直臣魏征也被唐太宗这个损友阴过。

《龙城录》里记载了一则小故事，唐太宗经常被魏征当众批得灰头土脸，下不来台。所以唐太宗对他是又爱又恨，暗地里骂他是**“羊鼻公”**，总想找出他的弱点给自己出口气。

但魏征这个家伙既不贪财，又不争权，还不好色，完美得简直 360 度无死角。唐太宗恨得牙痒痒的，就派人暗中打听魏征的嗜好。

结果，还真被他打听出来一个：魏征喜欢**吃醋芹**。

唐代的一种佐酒下饭的菜肴，它使用普通的芹菜经过发酵之后调以五味烹制成的汤菜。

唐太宗第二天就把魏征召来聊天，聊完正事，就请他吃饭，特意摆了三碟醋芹。魏征果然暴露出了**吃货本色**，一顿风卷残云，毫无形象地把醋芹吃光了。

唐太宗就很得意，你不是很清高的吗？不是老说自己没什么特别嗜好吗？呵呵哒。

当然，有特别强势的皇上，也有特别温柔的皇上。在宋朝，就有这么一位**脾气超好**的皇帝，他和臣子的日常简直不要太和谐。他，就是宋仁宗。

宋仁宗手底下有个流量超大的贤臣，那就是人称“包青天”的包拯。

南宋·朱弁**《曲洧旧闻》**里记载，宋仁宗很宠爱张贵妃，张贵妃每每仗着宠爱就向他撒娇，要他封赏自己的娘家亲戚。有一回张贵妃看中了宣徽使这个肥差，想要安排给自己的伯父，于是就使尽浑身解数给宋仁宗吹枕头风，无奈之下，宋仁宗就在朝堂上宣布了这项任命。

包拯一听就不干了，跳出来带头反对，对着宋仁宗就是一顿喷。

宋仁宗本来就不大情愿把这么重要的职务**送人情**，包拯一反对，他直接就放弃了。

最厉害的是，他连脸上的口水都没擦，下了朝一路走到后宫见着了张贵妃，才举起袖子擦脸。说你看看包拯把我喷的，你就知道跟我要宣徽使、宣徽使，你难道不知道包拯是御史中丞吗？

宝宝心里苦！

皇上心机深啊！

心疼皇上！

正因为宋仁宗是一个宽厚仁德，能够包容直臣的皇帝，所以他的臣子很多都敢于直言进谏，言官王素就是一个例子。

《闻见近录》中曾记载过一个故事，有一次，枢密使王德用给宋仁宗进献了两个美人，被王素知道了，他就上折子劝谏宋仁宗不要沉迷于女色，应该把这两个美人送走。

宋仁宗其实并不是个荒淫的皇帝，但有时候碰上颜值特别符合他审美的佳人，心里总会有那么点儿不舍得，于是他就对王素说："你家老爷子就是我家先皇的臣子，咱们是两代人的交情了，这俩美人服侍在我身边，我确实和她们挺亲近的，就把她们留下吧。"

谁知道王素这人情商超低，不但油盐不进，还振振有词地说："就是因为她们和万岁亲近，才必须得送走呢。"宋仁宗听了觉得很受触动，就吩咐人给两个美女每人三百贯钱，打发她们马上走。

虽然宋仁宗听从了王素的谏言，但心里到底有点委屈，居然哭了。王素一看也傻眼了，什么情况？把皇上惹哭了？他赶紧和宋仁宗说软话，表示也不用这么急，可以缓缓再说。宋仁宗却说，我要回宫了。看她俩哭鼻子不肯走，到时候就更不忍心了，还是赶紧的吧。

当然了，像宋仁宗这么好脾气的皇帝毕竟是少数，而且这种和大臣相处的风格，也是宋仁宗管理方式**高明**的地方。

虽说皇帝要有威严，臣子要懂得敬畏，但君臣之间也得讲究人文关怀，清朝的雍正皇帝就是个中高手。清宫戏看多了都知道，在清朝，等级的划分很严格，下臣见了上位者要自称“奴才”，借此来体现身份的**尊卑**。

湖广总督杨宗仁赴任的时候上表谢恩，落款自称“奴才”，雍正直接给他改成了“臣”，还专门下了道旨意，规定写奏章一律称“臣”，不要自称“奴才”。

清朝本来就是一个**满汉融合**的王朝，对于特别讲究礼法和自尊的汉臣来说，雍正帝在这个小细节上的改动可以说是很窝心了。

雍正帝十分倚重能臣张廷玉，有一次张廷玉请了几天病假：

雍正帝

朕胳膊痛。

众大臣

皇上龙体抱恙，赶紧宣太医呀！

雍正帝

张廷玉是我的左膀右臂，他病了，我可不就要胳膊痛吗？

众大臣

……皇上您拐这么大的弯儿就为了煽个情，这样真的好吗？

所以说啊，在看似淡薄冷肃的君臣关系之外，如果能收获一份**萌萌的信任**，想必就是帝王和臣子的相处过程中最惊喜的意外了。

周檀/文
大巫巫子/绘

皇帝请客怎么办？吃呗！

第十二章

在中国古代，皇帝就是全天下最为尊贵的人，普天之下莫敢不从。但是皇帝就算是九五之尊，和下属搞好关系也是**非常必要**的。

因此，历朝皇帝常常为了跟臣下联络感情而召开宴会，名为**“赐宴”**。或者做两道小菜送到臣子家中，称为“赐食”。

不过，皇帝的饭可不是那么容易吃的。为什么这么说呢？看看下面这些人的遭遇你就明白了！

吃饭还得写作文

据**《史记·石奋传》**记载，汉高祖刘邦一朝有个大臣名叫石奋，他退休后的有一天，皇帝为表彰他劳苦功高，就让御膳房做了几道菜送到他家去。石奋吓得赶紧磕头谢恩，然后跪爬着凑到盘子跟前，跪在地上吃完了饭菜。

吃完之后，石奋赶紧躲进书房**奋笔疾书**，写了一份奏表感谢皇帝大恩，这才算了事。

三国时期魏国的曹植也曾被魏明帝曹叡请客吃饭，叔侄二人一顿饭吃完之后，曹植回家就写了**《谢明帝赐食表》**："近得赐御食，拜表谢恩。奉诏之日，涕泣横流。"

看来就算和皇帝是亲戚关系，请客后的这篇作文也是免不了的！

皇上请客，规矩太多

明代皇帝的赐宴开始有了明确的规格划分，从时间上则分为**"常例赐宴"**和**"特例赐宴"**。为了笼络人心，明代的皇帝常常会以各种名目对大臣们进行赐食，而在宴会之上，各种繁琐的礼仪也自然在所难免。

从参加者的座次安排、行酒次序以及乐舞的演绎，甚至是臣子们一个盘子里装几块小饼干，都各有区别。

宴席开始之后，所有人不能入座，得先在摆满美味佳肴的桌子面前站立鞠躬，恭候圣驾。等到后宫乐师们开始奏乐，皇帝才姗姗来迟。

等皇帝下诏了，大臣们才能**一一落座**。可是坐下了还不能吃，如果哪道菜皇帝没有吃过的话，臣子们就算是再心痒难耐想尝尝鲜，也只能忍住。

到了清代，皇帝赐宴时的规矩就更多了。清朝的皇帝甚至吃饭都不用自己动手去夹，而是示意身边的太监，由太监择好了放到碗里再吃。

因此皇帝若是请大臣吃饭时，也会为臣子配上一个侍候吃饭的太监，若没有太监动手帮忙夹菜，大臣们就什么都吃不了了！

今儿朕高兴！请顿大的！

不同朝代的皇帝请客吃饭的理由不尽相同，赐食的种类也各不一样。有时是山珍海味、龙肝凤髓，有时却可能只是一个肉包子。

北宋皇帝宋真宗就是那个赐包子的皇帝。**《燕翼诒谋录》**记载，宋真宗几乎穷尽一生都在为传宗接代而奋斗，人到中年时好不容易有了个儿子，高兴的不得了，当即决定大宴群臣。下诏：“宫中出包子赐臣下，其中皆金珠也。”

虽然皇帝赏的食物只是个包子，但里面却包了金珠，想必臣子们吃的时候也一定和皇帝本人一样特别高兴。

明太祖朱元璋也是个特别**爱请客**的皇帝。

据**《万历野获编》**中载：明太祖无论寒暑，每次上完朝都要请百官们吃饭，而且食物从不随便，都是从各地快马加鞭送来的四方奇珍、属国贡品，并由御膳房的师傅精心烹调制成，色香味俱全。

不仅如此，皇帝还会在赐食的同时写张字条什么的表达一下对大臣辛劳的体恤。看来明太祖不仅勤政爱民，在人文关怀方面的举措也很值得学习。

皇帝抠门，吃不着啥

到了明朝万历年间，万历皇帝别说请客了，连早朝都没上过几次。就算是不得不赐食臣子以示恩宠时，万历皇帝最多也就是找太监弄点御膳房剩下的月饼、元宵、馒头、粽子之类的食物敷衍了事。

可怜万历皇帝的臣子们只能等着**逢年过节**例行赐宴时，和皇帝打个照面，进宫吃点好的。

如果说明朝的万历皇帝是因为懒得理政才不愿意赐宴请客，那清朝的道光帝就单纯是因为**抠门**了。

道光帝的节俭甚至达到了令人发指的地步。

道光登基之初也曾经两次赐宴群臣，但那个**寒酸劲**却足以青史留名。一次是在皇后办寿宴时，道光帝下诏，办宴只许杀猪两头，做成肉酱拌打卤面给大臣们吃。

还有一次是为了给平叛的功臣办庆功宴，道光帝让御膳房只用量少质差的四菜一汤招待大臣，大臣们看着这一点肉星都难找的饭菜，一个个连筷子都不敢动，生怕一不留神就全吃完了丢了皇帝的脸，于是只好陪着皇帝喝酒，灌了一肚子水饱就回家了。

用打卤面大宴群臣，回收宴席吃剩的饭菜，抠门抠到连皇家脸面也不要了的皇帝，估计**翻遍史册**也只有道光帝一人。但节俭成“疯”的道光帝却也曾经赐食给臣子，这位备受恩宠的臣子就是虎门销烟的林则徐。

据**《林则徐全集》**里记载，当时林则徐正在外办公，忽然收到宫里送来的福寿字和鹿肉一封，于是赶紧恭敬领受。

以**节俭名世**的道光帝竟能舍得给大臣赐食，还是赐这么多的鹿肉，真的是很不容易了。

古人如何玩转重生梗?

古代网红美食有哪些?

扎纸人是一种怎样神奇的存在?

更多趣味历史阅读，微信扫码，

关注“古人很潮”公众号

图书在版编目（CIP）数据

朕的日常／古人很潮编著．—武汉：长江出版社，
2019.7
ISBN 978-7-5492-6627-2
Ⅰ．①朕… Ⅱ．①古… Ⅲ．①杂文集-中国-当代
Ⅳ．①I267.1
中国版本图书馆CIP数据核字（2019）第165756号

朕的日常 ／ 古人很潮编著

出　　版　长江出版社
（武汉市解放大道1863号　邮政编码：430010）
选题策划　漫娱　郝临风
市场发行　长江出版社发行部
网　　址　http://www.cjpress.com.cn
责任编辑　钟一丹
特约编辑　郭　昕　邓玉玮
总 编 辑　熊　嵩
执行总编　罗晓琴
装帧设计　徐　蓉　龚　菲
印　　刷　上海盛通时代印刷有限公司
版　　次　2019年7月第1版
印　　次　2019年8月第1次印刷
开　　本　889mm×1230mm　1／32
印　　张　6.75
字　　数　50千字
书　　号　ISBN 978-7-5492-6627-2
定　　价　36.00元

电话：027-82926557（总编室）　027-82926806（市场营销部）